우울과 경청

창비시선 526

우울과 경청

초판 1쇄 발행 / 2025년 11월 3일

지은이 / 이민하
펴낸이 / 염종선
책임편집 / 오윤 박문수
조판 / 황숙화
펴낸곳 / (주)창비
등록 / 1986년 8월 5일 제85호
주소 / 10881 경기도 파주시 회동길 184
전화 / 031-955-3333
팩시밀리 / 영업 031-955-3399 편집 031-955-3400
홈페이지 / www.changbi.com
전자우편 / lit@changbi.com

ⓒ 이민하 2025
ISBN 978-89-364-2526-5 03810

우울과 경청

이민하 시집

창비

우주에게

차
례

제3계절 · 당신이 나의 저자입니다

잇지 않겠다는 뜻입니다 사랑한디는 뜻이지

홀(hole)

손을 댈 수 없는 마음은 손을 대고 싶은 마음의 바깥쪽인
까. 마음과 마음이 붙어 있었다. 흰색과 흰색이 떨어지지 않
았다. 꽉 차 있었고 비어 있었다. 주먹을 쥐고 넣으면 푹 들
어갈 것만 같다. 들어가서 빠지지 않을 것만 같다. 새벽엔 모
니터가 얼음처럼 굳어 있었다. 정지하고 있었다. 시간과 시
간이 붙어 있었다. 문장과 문장이 떨어지지 않았다. 고래힘
줄처럼 눈을 감고 있었다. 눈을 깊숙이 감고 죽은 자의 몸 안
쪽이 동굴이었다. 얼마나 오래 감고 있었는지 수심이 백 미
터를 넘었다. 물과 물이 붙어 있었다. 어둠과 어둠이 떨어지
지 않았다. 한 사람이 촛불을 들고 들어갔다. 자신의 몸 밖으
로 나가고 있었다. 물갈퀴는 우아해서 빠르게 아득한 순간
으로 넘어갔다. 그가 마지막으로 들은 건 자신의 첫울음이
었을까. 찰나는 영원의 바깥쪽일까. 죽은 눈이 움찔했고 밀
랍 같은 얼굴에서 속눈썹 하나가 떨어졌다.

사랑의 역사

아이가 맨 처음 묻은 건 병아리였다
병아리가 울음을 멈춘 날
아이는 밥을 먹던 숟가락으로 흙을 팠다

잊지 않겠다는 뜻입니다 사랑한다는 뜻이지

아이는 자라서
길 위에는 묻을 게 많다는 걸 아는 나이가 되었습니다

다람쥐를 묻고 고라니를 묻고
달리는 것들에 치여서 더는 기어갈 수도 없는 발들과
높은 것들에 밟혀서 더는 엎드릴 수도 없는 몸들을
아이는 걸음을 멈추고
모종삽으로 천천히 묻어주었다

아이는 밤마다 더 자라서
아주 길거나 큰 것을 묻었다
어쩌면 비단뱀이나 코끼리를 묻을 수 있을지도 몰라

플라스틱 양동이 속에 묻힌 물고기들을 몰래 바다에 묻고
돌아와 잠이 들면
다짜고짜 불벼락이 떨어져 꿈이 까맣게 타버리지만
언젠가 아버지를 묻을 수 있을 때까지
아이는 차분히 기다릴 줄도 압니다

그러다가 아이는 작거나 느리거나
눈에 띄지 않는 것들도 죽는다는 걸 아는 나이가 되었습
니다

달팽이를 묻고
거미 개미 풀벌레도 묻고

나비를 묻고 비둘기를 묻고
이미 세상을 떴는데도
더이상 세상을 뜰 수 없는 날개들도 묻어주었다
간밤엔 옥상에서 떨어진 천사도 묻었을지 몰라

그런 건 흔한 일이어서

후볐던 구멍을 파고 또 파고

그러다가 아이는 죽고 나서도 죽는다는 걸 아는 나이가
되었습니다

숲에는 아주 많은 무덤이 있고
아이는 그 숲의 주인이 되었고
폭우만 지나가면 떠내려오는 돼지들을 해마다 굴착기로
묻어주었다

묻는 솜씨가 일품이어서 아이를 찾는 사람들이 있었다
밤의 구덩이를 파고 또 파고

그러나 아이는 일은 하지 않습니다 사랑만 합니다

점점 더 모르는 것들을 사랑하게 되고
숲은 마을까지 내려오고
꿈속까지 들어오고

그러다가 아이는 죽지 않는 것들도 죽는다는 걸 아는 나이가 되었습니다

재활용도 안 되는 쓰레기들을 묻고
누군가 흘리고 간 세 치 혀나 녹슨 칼 같은 것도 묻고

숲이 끝없이 무한해진다면
어디까지가 숲인가
묻고 또 묻고

어쩌면 마을을 통째로 묻었는지도 몰라
시간의 뼈다귀들 속에 함께 묻혀서

그러나 아이는 끝은 보지 않습니다 사랑만 합니다
식어가는 손을 이야기 밖으로 내밀고

어느 날 숲을 지나던 한 아이가 우뚝 멈추었다
흙 위로 삐져나온 손 하나가 병아리처럼 웅크려 있었다
아이는 가만히 바라보았다

검은 책

너는 푸른색이라 했고 나는 검은색이라 했다
바다에 관한 이야기다

질문은 왜 밤에만 하는가
대답을 낮으로 미룬다면

너는 푸른색이라 하고 나도 푸른색이라 하겠지
그러면 우리는 손뼉을 치겠지
찰랑찰랑찰랑

손바닥을 서로 부딪치면 물방울처럼 웃음이 튀고
누군가의 손은 크기가 남아서

손바닥 안에 숨어 있었다
선을 넘지 않으려고

옆으로 새지 않는 옛날이야기를 들으며
펼쳐진 표지를 지붕처럼 덮고
심장과 심장이 누워 있었다

고백은 왜 잠들 때만 하는가
너는 비밀이라 했고 나는 거짓말이라 했다
너는 끝내 깨어나지 않아서

뛰지 않는 심장은 오른쪽에 묻었다
이것은 영혼에 관한 이야기일까

내가 죽었던 의자

부르고 싶은 이름이 있는데
친구들의 얼굴이 기억나지 않았다
교복에 달린 단추처럼 나란히

눈 코 입의 개수를 맞춰
단단하게 꿰매진 똑같은 표정이었다
이웃이라든지 부모라든지 형제자매 같은 것

가까이, 그러니까 꿈을 꾸듯이 가까이 다가가

열심히 입을 벌렸는데
아이들은 모두 필기를 하고 있었다

놀라지도 않고 귀를 막지도 않고 집게손가락으로 쉿, 입
술을 누르지도 않고

종이 울렸는데 아무도 가방을 싸지 않았다
떡볶이를 먹으러 갔는데 분식점이 비어 있었다
낡은 벽엔 낙서가 어제 새긴 듯 선명했다

영원이랄지 하트랄지 흔한 여자애 이름들

아무리 천천히 먹어도 아이들이 나오지 않았다
주인에게 물어보니 모두들 수학여행을 떠났다고 했다
행인에게 물어보니 폐교라고 했다

텅 빈 운동장을 다시 가로질렀다
흘리고 온 이름표라도 갑자기 생각난 것처럼

복도 창문에 붙어 아이들이 까마득히 내려다보았다 나비
같은 손바닥을 흔들 때마다
　분필 가루가 뿌옇게 나부끼더니 흰 꽃잎들이 하염없이 떨
어졌다
　사라지지도 않고 흩어지지도 않고

얼마나 멀리서 떨어져 내리는지
흰 꽃잎들은 비가 되었다가 눈이 되었다가

고드름을 머리에 뒤집어쓴 채

나는 계단을 산꼭대기처럼 올라갔다
어두워진 복도를 지나

뒷문을 몰래 열어보니 아이들이 가만히 앉아 있었다
소리가 났는지 모두 뒤돌아보았다

나는 맨 뒷자리에 앉았다
아이들이 나를 보며 웅성거렸다
나도 뒤를 돌아보고 싶지만 아무도 없어서

다음 술래는 누구지?
나도 모르게 나는 또 두 눈을 감았다

사월에 감은 눈은 사월에 다시 떠지고

아무도 없는 해변에 누워 두 눈을 끝없이 감았는데
감은 눈이 내 것이 아닌 것처럼

조문 대신 길고 긴 편지가 왔다
밥알을 세듯 꽃들을 읽었다
삶이 더 길게 답장을 쓸 것이다
펼친 손이 내 것이 아닌 것처럼

죽어가는 아기와 막 태어난 아기를 몰래 바꾼 것처럼
죄를 품은 것처럼
거짓말처럼

지그소

나무가 된 엄마를 반으로 잘랐다
상반신은 거울 속에 하반신은 꿈속에 두었다
꿈속에서 엄마는 아기를 낳았다
거울 속의 엄마는 내 몸을 열고 아기를 넣었다
나는 급히 돈 벌러 나갔다
거울 속의 엄마는 집밥을 차려놓고 기다렸다
나는 점점 뚱뚱해져서 잠만 잤다
엄마를 늘리려고 꿈속에서 꺼냈다
거울 속의 엄마도 잘게 쪼갰다
청소기 옆에도 두고 세탁기 옆에도 두고 신발 속에도 엄
마를 넣었다
철물점에도 보내고 관공서에도 보내고 장례식장에도 엄
마를 데려갔다
나는 배가 터질 것 같아 아기를 꺼냈다
배가 너무 꺼져서 엄마를 다시 뭉쳐 몸에다 넣었다
아이는 쑥쑥 자라 화단을 가꾸었다
나는 구석에 서서 지켜보았다
슬며시 자리를 잡고 뿌리를 박았다
불볕 아래 등골이 휘어 잠이 들었다

아이는 나를 썰기 시작했다
붉은 꽃이 방울방울 스며 나오고
팔다리가 툭툭 떨어졌다
머리끄덩이 속에서 죽은 새들이 가볍게 튀었다
말라빠진 근육들도 토막이 났다
아이는 나무관 안에 빠짐없이 주워 담았다
비가 오는 날이면 집 안 가득 나를 쏟았다
이불 밑에서 책갈피에서 내가 나왔다
먼지 쌓인 창틀에도 끼여 있었다
나의 조각들이 부품처럼 움직이기 시작했다 매뉴얼도 없이
손발을 맞추고 이목구비를 맞추고
의인화된 내가 완성되고 나면
우리는 웃었다 믿음이 마르지 않았다

혼자와 함께

자고 있는데 혼자가 왔다. 혼자는 내가 아는 가장 씩씩한 고양이. 혼자는 내가 아는 가장 쓸쓸한 고양이. 로드킬 당한 친구를 산에다 묻고 묘비를 쓰고 왔다고 했다. 고양이 말도 사람 말도 아니고 혼자는 혼잣말을 한다. 이런 건 어떨까. 이건 내 목소리인지 혼자의 목소리인지 모르겠지만. 자주 다니는 길목에 횡단보도를 만드는 거야. 신호등이 없어도 바닥을 흰색으로 칠하면 사람들 눈에 띌 테니까. 차창을 가볍게 내리고 음악도 천천히 바꾸면서 거기서는 잠깐씩 멈춰줄 테니까. 혼잣말이 사라지자 혼자가 사라졌다. 이게 꿈인지 현실인지 모르겠지만. 혼자는 혼자 길을 떠났다. 흰색 페인트 통을 목에다 걸고 저보다 긴 붓을 꼬리에 달고. 그리고 혼자는 돌아오지 않았다. 어디까지 갔을까. 혼자는 내가 아는 가장 흔한 고양이. 혼자는 내가 아는 가장 옛날 고양이. 얼마나 흘렀을까. 혼자에 대해 생각했다. 너무 멀리 혼자와 떨어져 있었다. 너무 오래 혼자였다. 눈물을 말리려고 하늘을 보았다. 구름의 빛바랜 줄무늬들이 하얗고 두껍게 칠해지고 있었다. 나는 잠깐 멈추었다. 알 수 없는 음악이 흘렀다. 혼자도 나를 보았는지 화들짝 페인트 통을 엎지른 것 같았다. 머리 위로 흰색이 쏟아졌다. 첫눈이었다. 보이지 않아도 볼

수 있었다. 혼자와 늘 함께였다. 내가 아는 가장 높은 고양이
가 나타났다. 내가 아는 가장 작은 고양이가 떠오른 날.

공감각

깃털 달린 공 하나가 갑자기 날아들었다
창밖으로 던지려다가 공을 손에 쥐고 밖으로 나갔다

아이들은 잠들었고 연인들은 잠수를 탔다
집집마다 창문이 닫혀 있었다
아무도 없는 골목을 지나
아무도 없는 운동장을 지나

아무도 없는 밤을 지나
아무도 없는 겨울을 지나
공을 주머니에 넣고 집으로 돌아왔다

자, 집중하세요!
화면 속에 두 사람이 있었다
흐름을 바꾸는 환상적인 스매싱이란,

저쪽에서 가볍게 라켓을 휘둘렀는데
이 사람은 왜 비틀거리다 쓰러졌는가 따귀라도 맞은 듯
뺨이 붉게 달아오르고

목덜미는 왜 비에 젖어 있는가

빗속에서 우는 목덜미를 전국적인 응원이 지켜보고 있었다
화면 속의 공이 내 손에도 있었다
나도 모르게 손을 꽉 쥐고 있었다
누군가 계속 실패했다

모태 솔로인 그녀는 백번째 방 안에 갇혀 있었다
꺼지지 않는 어둠 속에서
방 탈출이 시작되고

나사처럼 천천히 숨을 조여오는 공포와
눈알이 툭 튀어나올 듯 뒤통수를 때리는 공포
어떤 게 더 무섭니?

그런 건 모르겠고
앞장서는 사람이 가장 먼저 죽는다는 것
큰소리치는 사람은 비명만 지르다 죽는다는 것

사건들이 튀어나오고
빈집들이 퍼져나가고

돌아보면 무언가 사라진 것 같아요!
누군가 경찰을 부르고
유리창들에는 형광물질을 바르고
나가 보면 우주엔 아무도 없는데

뇌리에 박힌 것들은 반복해서 꽂혔다
헐어버린 과녁처럼 머리를 부르르 떨었는데
당신은 다음 질문을 했다

내가 만약 귀신이라면
마주 보는 게 무섭겠니, 뒤에 서 있는 게 더 무섭겠니?

옷장 속에 숨어 있던 나는 백까지 세고 나서 문을 열었다
귀신마저 사라질까봐 더 겁이 나서
찢어진 마음을 꿰매고 라켓처럼 폈다

당신은 일어섰다
나의 대답은 아직 공중에 떠 있는데

다음 사람이 왔다
깃털 달린 공 대신 돌멩이를 쥐고

언니의 숲

무심히 걷다가 발이 닿았어. 언니는 모르지. 오늘도 사거리에 서서 잠이 들었을까. 현관문 손잡이에 양말을 걸어두고 몰래 나왔어. 새로 산 거야. 폭설이 올 거래. 벚꽃이 한창인데. 그런데 왜 언니가 생각났을까. 따뜻한지는 모르겠어. 좋아하는 색이 아닐지도 몰라.

길 위에는 바람이 느리게 걸었어. 빈틈없는 차들 사이로 검은 비닐봉지도 그림자처럼 걷고 나를 스치는 여자아이의 비누 냄새도 오래오래 걸었지. 아이는 끝까지 걸어서 어른이 될까. 두 눈이 갑자기 멈추었어. 자물쇠처럼 닫혀버린 입. 낙엽처럼 해진 날개. 회색 길 위에 회색 새가 펼쳐져 있었어. 어떤 삶은 죽음이 보호색이라는 듯이.

차바퀴들이 회색을 묻히고 다녔어. 회색의 살점이 이 골목 저 골목으로 퍼져나갔어. 길고 긴 회색의 밤이야. 칠이 벗겨진 고층의 나무들. 층층이 걸려 있는 둥지의 여린 불빛들. 밤에 태어난 아기들은 회색 꿈을 꾸고 엄마들은 아기들의 회색 눈동자를 밤이 새도록 씻겨주겠지. 언니는 그래도 좋았을까. 물속에 기억을 담그고 식어버린 작은 뺨에 입을 맞추듯 마지막 장면을 더듬는 걸까.

　유령선처럼 신발을 끌고 집으로 왔어. 나만 아는 번호를
눌렀는데 문이 열리지 않았어. 현관문 손잡이엔 양말이 걸
려 있었어. 언니도 남몰래 다녀갔을까. 밤에 죽은 사람들은
조용하기도 하지. 내가 밖에 서 있는데 집 안에서 내 목소리
가 들렸어.

우리가 시인이었을 때

사랑하는 언니, 우리는 목마른 시인입니다
아는지 모르는지 당신은 사라졌지만
사실은 날 때부터 그랬습니다
없는 이야기를 합니다
동생들은 내게 말도 못 붙였습니다
받아쓰기나 하렴 부모님에겐 비밀로 하자
지우개를 사 주며 입단속을 시켰습니다
감쪽같이 숨겼습니다
은폐가 아니라 사수했습니다
끝까지 지키려고 자라지 않았습니다
죽어도 죽지 않았습니다
밤에 비밀을 만드는 이모들은 나를 이불 속에 밀어 넣었
습니다
　시인은 눈 감고도 본다는 걸 모르고
　아침엔 깨우느라 야단을 떨었습니다
　시인은 늘 깨어 있는 줄도 모르고
　선생님은 장래 희망을 물었습니다
　시인의 꿈은 전업 시인이란 걸 모르고
　시인은 이미 투잡을 뛰는 줄도 모르고

너는 왜 그 모양이니?

별 모양도 아니고 돌 모양도 아니고 시인의 모양이란?

스타도 아니고 아이돌도 아니고 시인의 삶이란?

한평생 시인 연습생입니다

어른 지망생들이 우유를 벌컥벌컥 마셨습니다 과음을 해서 결석을 하고

교실은 점점 비어서 폐교가 될지도 모르는데

선생님은 신문지를 주며 마음이 비치도록 유리창을 닦으라 합니다

그렇게 마음이 뻥 뚫린 채

방과 후엔 고모 장례식장에 견학을 갔습니다

아직도 글은 쓰니?

고모부가 물었습니다

졸업이란 게 없는걸요

먹고는 사니?

오빠는 고기를 먹으라고 합니다

삼촌은 운동을 하라고 합니다

나는 시라는 걸 합니다

땀이 삐질삐질 납니다 심장이 뜁니다

걱정 말아요 나를 위해서 씁니다

나를 위해서 쓰는데 어떤 날은 시를 위해서 나를 쓰는 것
같고

시를 위해서 나를 쓰는데 닳아 없어지는 건 내가 아니라
시인 것 같고

새인 것 같고

구름인 것 같고

물고기인 것 같고

어떤 날은 쓰는 맛이 인생보다 쓰니까

달달한 당신을 찾는 것 같고

그러나 성당에도 약수터에도 당신은 없고

애타게 구합니다 쓰면서 구하고 지우면서 구하고 두껍게
시들을 묶어 구인 광고를 냅니다

어느 날 불쑥 당신이 머리맡에서 떠오릅니다

잘 잤니? 인사를 합니다

웃기도 합니다

내가 떠올린 줄도 모르고

물귀신처럼 나를 따라다닙니다

아아 나도 아주 오래전 익사했습니다

행랑방에서 죽도록 매를 맞았던 것도 같고
눈이 퉁퉁 부었지만
울음소리가 예쁘구나
사람들이 듣기 좋대서 곡비가 되었는데
꽃상여가 더 예뻐서 가마처럼 올라탄 것도 같고
불멸의 묘약을 팔다가 마녀로 찍혀서
머리칼에 불붙은 채
바다를 둥둥 떠내려온 것도 같습니다
몸의 한토막이 중세에 남아 있습니다
나는 잠깐씩 수면 위로 떠오릅니다
누군가 목격합니다 신고합니다 작성합니다
신조어와 외래어로 토핑을 하고 동시대를 증언합니다
나는 형체도 없이 움직이는 것만 같습니다
누군가 떠올린 줄도 모르고
애인을 사칭하고 보이스피싱을 합니다
그가 평생 모아둔 비밀을 소곤소곤 귓속말로 순식간에 빼
냅니다
어느 날 그가 땅을 치며 후회한다면
나의 과거는 불법일까요?

나의 끝없는 마음은 어디에 갇힐까요?
네모난 독방에 앉아 반성문만 쓰게 될까요?
사랑하는 언니, 죽음보다 질긴 독백입니다
고모를 뒷산에 뿌리 깊이 심으며
고모부가 물었습니다
그래서 언제까지 쓸 건데?
빙산의 일각입니다

제2계절

아프지 않으면 침묵할까요?

해변의 수인

모자가 머리 위에서 날아갔습니다 새처럼 날아

땅과 하늘과 바다를 실처럼 꿰고서
아득한 물결 위에 떠 있었습니다

젖은 모자를 쓰고
나는 물가에 앉았습니다
아무도 젖은 모자를 벗지 않았습니다

어둠이 어둠을 데려와 시간을 헝클고
파도가 파도를 따라와 십년 묵은 바다의 몸을 씻기고
해변에는 때처럼 밀려난 사람들뿐

나는 수인 옆에 누웠습니다
누군가 물속으로 들어가고 있었습니다
아무도 말리지 않았습니다

아직 마르지 않은 몸을 떨면서
수인도 수인을 바라보고만 있었습니다

홀로(holo)

나는 나의 오른쪽이다
그러니까 나는 나의 왼쪽에 있다
고개를 숙이면 발끝만 보인다
나는 나의 양다리 그러니까 나는 삼각관계
나는 내 목 위에 올라타 있다
때로는 문어발이다 나는 나의 모집책
우리는 떨어져 있다 떼려야 뗄 수도 없을 만큼
나는 나의 혹이다

나는 나의 유방이다
나보다 먼저 융기된 한쌍의 고독
나는 나의 미혼모다 나는 나의 베이비들
나는 우리의 빨대다 용암처럼 끓고 있는 모유
문법 이전에 음악이다
첫울음 이전에 발생하는 모든 상상임신
우리는 붙어 있다 만삭의 피아노
나는 거의 직전이다

나는 거의 직후다

누군가의 기억 속으로 유랑단처럼 떠돌아다니는
나는 나의 합창단이다
나의 오른쪽이 입을 열면 왼쪽이 침묵한다
우리 사이엔 비밀이 많다
절반의 멤버는 목소리가 없다
죽은 척과 죽지 않은 척 사이에서
그러나 나는 모두 기립해 있고

그러나 나는 혼자 기립해 있다
가느다란 막대와 맨손바닥을 쥐고
두 손을 드는 각도에서 나는 지목된다
등 뒤에서 울려 퍼지는 귓속말과 헛기침 소리
빈틈없이 착석하는 그림자들과 함께
우리는 개최된다 어두운 객석을 향해 있다
고개를 숙이고 마음을 다하여
나는 나의 뒷모습이다

검은 제복의 아침

기다란 외투가 벽에 매달려 있다
발을 자르고
누군가 빠져나간 듯이

닫히다 만 서랍 속에는 무너진 편지
까맣게 배설물이 쌓여 있다
수취인 주소는 폐가가 되었는데
누군가 기어든 듯이

새벽에 돌아온 신발은 왜 혼자 젖어 있나
칼부림하는 빗줄기 속에서

동명이인의 부음처럼
아침이 오고
축축한 잠을 개고 일어난다
누군가 물려준 듯이

구겨진 몸을 빛으로 다리고
두 발을 양말처럼 신고

공손히 무릎을 모으고
한번도 본 적 없는 주인을 기다리듯

분실된 수하물처럼 대기하고 있는
이 방은 누구의 캐리어일까

동명이인의 서류처럼
책들이 쌓이고
바람이 헝클면 창문을 닫으며

하루하루 사무원에 가까워지는
신의 가호 속에서

천사,
아니라 철사

옷걸이는 날개가 조금 휘어져 있다

테이블

떨림이 없어야 해요, 그래야 깔끔해요.

                      선 긋는 건가요?

라인부터 그려야죠.

                속살이 아기 같아도 떨리지 않아요?

우린 프로니까요.

                웃으면서 찌를 수 있다는 거?

흉터 위에도 찌를 수 있다는 거.

                   실패한 적은 없나요?

겁을 먹은 사람들은 도망가기도 해요.

              빅 픽처는 그럼 어떻게 그려요?

중독된 몸이라면 조금씩 할 수 있죠.

                  포로가 되는 건가요?

움직이지 말아요.

                     눈도 감을까요?

수갑 차는 기분일 거예요, 손목에 하니까.

              평생 옥죄는 기분일까요?

금방 끝나요.

                아무 일도 아닌 것처럼?

이건 타투일 뿐이잖아요.

이건 기록일 뿐이에요.

글을 쓰는 사람이군요?

지우기도 하죠.

지우는 게 더 아프고 시간도 오래 걸리죠?

쓰지도 못한 건 더 아프고 흔적도 오래 남죠.

이런 건 왜 해요? 세 보이려고?

아뇨, 약해 보이려고.

부적을 박아 넣는 심정 같은 것?

손목에 박혀 있는 심장 같은 것.

무서워요?

간지러워요.

이것이 바늘이 아니라면요?

이것도 농담 아니에요.

울면서도 쓸 수 있다는 거?

어둠 속에서도 쓸 수 있다는 거.

그런데 왜 떨어요?

떨림이 없다면 이야기도 남지 않겠죠.

피는 좀 볼 거예요. 아프면 얘기해요.

아프지 않으면 침묵할까요?

개구(開口)맨

쑥과 마늘을 먹고 자라서 우리는 입이 무거워졌다
호랑이 아버지는 입만 열면 냄새가 났다
일요일인데 아버지, 어디 가요?
여우 굴에서 돌아오면 침을 흘리며 잠만 잤다
언제 인간이 될래?
사람의 탈을 쓰고 가출한 오빠는 여의도에 입문했다
또박또박 글자를 익힌 내가 마지막 희망이었다
엄마는 희망을 안고 죽었다 곰 발바닥으로 나를 감싼 채

추모일에는 가족을 수배했다
시인이 된 내가 전단지를 돌렸다
납골당에서 우리는 웃음꽃이 피었다
나팔꽃처럼 시들어 밤에 흩어졌다
웃음과 죽음은 합방할 수 없다는 듯이
이별을 할 때 손을 먼저 내밀면
뒷모습에 자신 있다는 것일까 뒷모습을 견딜 수 없다는
것일까
손을 끝까지 감추어도 영원히 함께할 수는 없고

난 빠질래! 이런 말은 바다에서도 가능하고
범죄 현장에서라면 눈을 감겠다는 거다
불륜 현장에서도 눈은 감는다
불륜과 불법은 어떻게 다른가
접촉과 저촉 사이에서
이래도 고백 안 할래? 밤샘 취조는 계속된다
앙탈과 추궁 사이에서
지금 장난해? 탁자를 밀고 당기며
그래요, 입이 천근만근이라도 웃자는 얘깁니다!
살맛과 죽을 맛 사이에서

웃음을 유도하고 싶지만
유도는 아무나 하나? 유도는 힘과 기술이 좋아야 한다
천하장사 마돈나의 친구 정종만은 말했다
"이다음에 씨름 열심히 해서 강호동처럼 훌륭한 개그맨
이 될 거야"
우리 정상에서 만나자!
어린 꿈나무들이 암벽을 기어오르는 동안
헬기에서 내린 두 정상이 머리를 쥐어짠다

나는 치약이나 쥐어짜면서 비정상회담이나 볼란다
국가대표는 아무나 하나? 정상에서도 날아오르는
레전드는 아무나 하나? 김연아도 아닌데
은퇴는 아무나 하나? 아무리 천재 시인도 노후는 독거 시
인일 뿐
인기도 근육도 안 붙는 시는 아무나 쓰나?

'아무나 시 쓰나'라는 클럽이 있었다 일명 나나클럽
옛날 옛적 어느 겨울날 부산에서 우리는 딱 한번 모였다
나를 밖으로 불러낸 건 김언이었다
기차를 타고 당도한 남쪽 마을의 시인들도 말이 없었다
마늘과 쑥 냄새가 남아 있었던 걸까
말보다 마음부터 튼 우리는 모국어가 달라서
각자의 동굴로 돌아갔다

사람보다 귀신부터 된 나는 입만 살아서
시트콤은 계속된다
어떤 사람은 죽어서 호랑이 가죽을 남긴다
가문의 벽에 걸어두고 초상화처럼 물려준다

오빠는 엽총을 들고 호랑이 굴로 들어갔다

이빨이 다 빠져서 종이호랑이가 된 아버지는 가죽 대신
명언을 남겼다

내가 호랑이 새끼를 키웠구나

식물도감

선생님은 새로 전학 온 친구를 소개했다
먼 나라에서 온 창백한 아이는 목소리도 얼음 같을까
수줍게 내민 붉은 혀는 단내가 날까
아이는 키가 커서 햇빛도 잘 받았다
우리는 눈과 귀를 모으고 이국적인 이름을 따라 했다

체육복으로 갈아입고 하얗게 체조를 했다
어느 그늘 밑에는 쪽지를 묻어두고
아무도 모르게 강당에 남아 새끼손가락을 스치고

길고 긴 복도는 흘러나와
마을로 이어졌고 어둠 속으로 이어지다가 수십년 후로 이
어졌는데

아직도 거기 남아
아이들을 찾아다니며 밤마다 신발을 끄는 아이가 있었고
우리는 마지막 페이지를 잊었다
교실에 모여 있을 때만 얼굴을 알 수 있었다

내가 살았던 의자

지우고 싶은 이름이 있는데
칠판엔 외국어만 가득했다
휴먼이라든지 피스라든지 프렌즈 같은 것

지우개로 마음을 문지르다가
어두운 교실에서 아침을 기다렸다
가지런히 책상 줄을 맞추고

조용히, 그러니까 죽은 듯이 조용히 엎드려

열심히 필기를 하는데
아이들은 모두 입을 벌리고 있었다

웃지도 않고 하품을 하지도 않고 옆구리를 쿡, 찌르지도
않고

나누고 싶은 비밀이 있는데
복창 소리가 너무 커서 조그만 글자들을 삼켜버렸다
첫 키스랄지 불치병이랄지 빨간 피로 꾹꾹 눌러쓴 이름들

피만 보면 날름거리는 체육의 혀를 끊을 수 없어서
생리혈을 먼저 끊었다
밝히지 못한 과거가 있는데

짝꿍 도시락에 압정을 넣은 아이도 나는 알고 있는데
선생님은 출근도 안 했다

양호실에 짝꿍을 데려다주고 학교를 나왔다
얼마나 오래 걸어 나왔는지
교문 밖에는 아무도 보이지 않았다

하얀 달빛 아래서
토하고 싶은 용서가 있는데
양치기 소년들은 오래전 막차를 타고 귀가했다
행인에게 물어보니 옛날이야기라고 했다

텅 빈 운동장을 다시 가로질렀다
두고 온 일기장이라도 갑자기 생각난 것처럼

손에는 열쇠를 쥐고 있었다
모두들 다른 열쇠를 쥐고 떠났을까
사물함의 수만큼 각자의 교실이 있는 것일까

기억 속으로 들어가 빛바랜 일기를 읽고 있는데
혼자 숨어 있던 짝꿍이 속삭였다
누구도 찾을 수 없는 교탁 아래서

오늘 당번은 누구지?
아무 말 없이 나는 또 검은 칠판을 지웠다

밤과 시

낡은 의자 하나가 놓여 있는 것이다
오래된 공터처럼
연필심을 깎으며 기다림을 길렀다

바늘과 나무, 옛 사원의 첨탑 같은 것

그림자들이 빛을 잃고 묽어질 때까지
백지 같은 어둠이 돌아올 때까지
물감을 섞으며 색을 골랐다

핏빛과 물빛, 따뜻한 살색 같은 것

주말의 사람들은 경마장으로 몰려가고
더러는 슬픈 영화나 보러 가고

낡은 의자 하나가 비어 있는 것이다
한 손에는 부고를 들고

한 손에는 부적을 들고

누군가를 부르듯이 서 있었다

킬러와 병자, 끝내는 귀신 같은 것

거리마다 행인이 줄고
문이 닫힌 후에도

행간에 걸터앉아 문틈을 바라보았다

여름의 끝

여름의 일과
여름의 일을 저지른 사람들과 여름의 일을 저지른 사람들
을 목격한 사람들과 여름의 일을 저지른 사람들을 목격한
사람들을 기록하는 사람들과
그런 사람들을 따라다니는 내가 남았습니다

여름의 일을 지키려면
부지런히 밥을 먹어야 합니다

우리는 때를 놓치지 않고 푸른 창가에 둘러앉아
성실하게 입을 벌렸습니다

무성한 잎들은 누군가의 눈을 가리고
무성한 입들은 누군가의 귀를 가리고

어둠이 쌓이고
빈 접시가 쌓이고
우리는 더듬거리며 여름 밖으로 나왔습니다

여름의 일과

여름의 일을 저지른 사람들과 여름의 일을 저지른 사람들을 목격한 사람들과 여름의 일을 저지른 사람들을 목격한 사람들을 기록하는 사람들과

그런 사람들을 따라다니는 내가 나왔습니다

여름은 골목 끝 식당 이름

여름은 죽은 여자가 품고 다니던 사진 속 강아지 이름

여름은 아이들이 부르는 길고 긴 돌림노래

콧노래로 아이들을 따라 하는 할머니가 쪼그리고 앉아 있습니다

담배를 태우다가 불을 빌려줍니다

불꽃이 다시 빈속을 비추고

첫눈이 여름의 발자국처럼 쏟아져 내리고

여름은 계속됩니다

우리는 들어갑니다

누가 먼저랄 것도 없이

식판을 비우며 눈과 손이 부딪칩니다
설거지를 하면서

11월은 가을 쪽으로
12월은 겨울 쪽으로

이 터널 선샤인

우리와 나는 밤의 복도를 걸어요
밤은 흔하고 우리도 흔해서 아무도 모르는 일인 것처럼
나는 조금 떨어져 걷지만 함께인 것처럼
그러나 발꿈치를 들고서

문이 닫히면 눈이 열리고

해와 달이 헷갈리는 한여름 밤이었다
요정의 장난처럼
날벌레 하나가 내 눈썹에 불시착하더니 왼쪽 눈에 빠져서
허우적거리다
동공에 콕 박혀버렸다
이런 꿈도 흔하고

사랑의 불시착은 사년 전에 끝난 드라마입니다만

사년 후 우리는 투표소를 지나 진도 앞바다를 지나
비욘드 코리아
희망의 묵비권을 지나 국경의 브로커들을 지나

비욘드 유토피아
이런 영화는 끝나지 않고

불어나는 눈물로 물을 주듯 이야기를 키운다면
강을 뚫고 밀림을 찢고 멀리멀리 아이들은 벗어날까요
고화질의 참혹 속에서

모빌에 매달린 야광 별들이 머리 위로 빙글빙글 공전을
하고

나는 간밤에 압록강을 건너온 사람입니다만
몸에서 뚝뚝 흐르는 건 빗물이 아닙니다만

불 켜지 말아요 사랑은 불 끄고 해요
한 사람이 한 사람에게로 탈출을 하듯
촛불처럼 더듬어야 하리

더듬더듬 날개옷을 주워 입고 할아버지가 날아가자 내가
지상에 뚝 떨어졌다

할아버지는 미쳐서 골방에 틀어박혀 글만 쓰고 그림만 그
렸다던데 나는 미친 영혼의 똥일까 미친 똥의 영혼일까
　나는 그의 유품을 안고 물고 빨고 던지며 놀았다
　그것들 중엔 나도 있었고

　내가 죽었던 날 아기가 태어났다고 이웃이 속삭여주었다
　나는 다섯번 죽었는데요 다섯번 거듭났다는 뜻은 아닙니다
　세번의 이혼이 세 사람과의 결혼을 뜻하는 건 아니듯이

　오래된 마음이란 오래전에 묻힌 마음일까 오래도록 헤매
는 마음일까
　폐가에서 발굴되는 시체처럼
　약속이 끼워져 있는 예쁜 새끼손가락처럼

　해마다 추억의 환급금을 타서 성실하게 살아남은 국민입
니다만

　누군가의 과거를 횡령한 사람이 소리쳤다
　너 같은 건 널려 있어!

바닥에도 널리고 빨랫줄에도 널려서
마르지 않는 살가죽들이 비바람의 채찍을 맞았다

아무도 모르게 견인되는 산산조각들
마음이 역주행하면 부딪치게 되고 마음이 발을 멈추면 지
진 속에 파묻히니까
우리의 걸음은 맥박보다 빠르고
우리의 젊음은 가짜 뉴스보다 빠르고
클랙슨을 울리는 빛들과 함께

이 터널 저 터널 세계의 터널들이 동시에 행군을 하고
나는 개미만큼 작아져
여기는 누구의 뼛속인가 혈관 속인가
시간의 개미굴 속에 갇혀서
어쩌면 누군가의 탯줄 속인가

가장 크게 눈을 뜨고
검은 심연에 초점을 맞추고 돋보기처럼 흰자위를 모았습
니다만

모빌에 매달린 혓바닥들이 입속에서 빙글빙글 공전을 하고

터널 위로 올라간 사람들이 밤마다 떨어지고 있었다 눈송
이처럼 훨훨
   십년 후 우리는 눈이 마주쳤는데
   먹구름이 때 묵은 이불처럼 뒤덮고

오늘은 좋은 날이구나
이별을 하기에도
사랑을 하기에도

그러나 나는 뒤끝 있는 영혼입니다만
내 영혼의 그림자에 댓글을 다는 인생입니다만

우리를 부르며 우리를 향해 우리 속으로 달려갔어요
젖은 해변에 누워 주고받는 인공호흡처럼
티끌 없는 마음과 다만 한걸음

벽이 닫히면 틈이 열리고

우리는 문득 밤에 가까워지고
처음 보는 사람들처럼
알 수 없는 문장처럼
한번도 꾸지 않은 꿈처럼

제3계절

당신이 나의 저자입니다

무엇

어떤 밤은 그렇게 시작되었다
숲속을 달리는 아이들과 반짝이는 꽃과 열매
명랑한 토요일의 구름과 함께

해가 지도록 아이들이 뛰어다닌 건
숲이 아니라
숲속에 깃든 무엇

불현듯 흙빛이 되어가는 나뭇잎들과
창백한 달
낯선 어둠이 다가왔다
어둠이 커질수록 야위어가는 공기 속에서

한 아이가 손을 놓치고
열명의 아이가 울음을 터뜨리고
백명의 아이가 발을 구르고

어둠은 제 모습을 숨기지 않고
그러나 무서운 건 어둠이 아니라

어둠 속에 깃든 무엇

가방이 사라지고 안경이 사라지고 신발이 사라지고 이름
표가 사라지고 숨소리가 사라지고
누군가 아이들 옆에서 하나씩 집어 갈 때

찾아 나선 사람들이 두 손으로 움켜쥔 건
촛불이 아니라
촛불에 깃든 무엇

어떤 두려움은 신에게 매달렸다
정확히는 신이 아니라
신에게 깃든 무엇

어떤 부끄러움은 밤보다 먼저 이곳을 떠났다
어떤 미래는 집으로 돌아가지 못하고

바람도 가시덤불에 갇혀 돌고 도는 밤

길을 잃은 맨발의 아이들이 아직도 뛰어다니는 건
쿵쾅거리는 우리의 심장이 아니라
심장 속에 깃든 무엇

벗어날 수 없는 섬이 되어 가슴에 박혀버린
차가운 시월의 어둠 속에서

잠이 든 아이들은 일요일의 아침을 기다렸다
아무도 깨우지 않는 깊은 잠이 아니라
다만 한접시의 수프

아침이 아니라
아침 속에 깃든 무엇

9201

애들아, 집에 가자
이제 곧 폭설이 올 텐데

많은 것들이 쏟아지고
더 많은 것들이 묻힐 텐데

철근처럼 속이 드러난 나무들과 층층이 휘어지는 나뭇가
지들
잠들 수 없는 나뭇잎들이 한쪽으로 쏠리듯
가을이 무너졌는데

집에는 불볕처럼 끓고 있는 미역국이 있고
냉장고에는 화내서 미안하다는 쪽지가 있고
옷걸이에는 세탁소에서 막 돌아온 슈트 한벌

귀가를 재촉하는 종종걸음으로
거리의 눈은 우리의 눈을 지우고

어떤 날은 날씨 이야기만으로 하얗게 지새우겠지

몇 페이지의 밤이 찢어지고
끼워 맞출 수 없는 기억들
거리에 두고 온 건 우리였을까

내일의 약속을 취소하고
거꾸로 이야기를 되감으며

슬픔을 꾹꾹 눌러도
문이 열리지 않는

우리는 영원히 숨기고 싶은
비밀번호를 가졌구나

크래커

식후에 우린 가볍게 봉지를 뜯고 이야기를 하나씩 꺼냈다.
사람이 많구나. 손끝으로 벤치를 쓸어대면서
  이야기에 침을 바르고 겹치지 않는 순서를 기다렸다. 어
제가 나왔고 지난겨울이 나왔고 옛날이 쏟아졌다.
  어릴 적 맛보았던 건 지금도 눈물 나는데

  산불이 나오고 특검이 나오고 폐업들이 쏟아졌다.
  어디선가 위암이 나오고 빙의가 지나가고 변사체들이 축
구공처럼 굴러왔다. 화들짝 졸린 눈을 부릅뜨면서

  지문을 없앴다잖아. 면식범일 가능성이 높은 거래. 손가
락을 자르는 살인마들이 줄줄이 흘러나왔다.
  누군가 캑캑거리면 나도 숨이 막히고
  날씨가 좋구나. 건강에는 좋지 않은 이야기를 입에 잔뜩
품고서

  마지막은 누구의 몫일까. 입을 쓱 닦으며 서로에게 미
루던 한 무리의 사람들이 한조각을 남겨두고 옆에서 떠나
갔다.

74

부서지는 것들은 흘려도 티가 안 나고
살찐 비둘기들이 먼지처럼 날아가고

이를 쑤시던 다음 사람들이 빈 의자 위에 앉았다.
빈 봉지가 쌓여가는 무더기 속에서
토막 난 이야기들이 튀어나왔다. 여기서 팔 하나가 나오
고 저기서 불쑥 머리가 나오고

목이 점점 늘어져 삼켜도 삼켜도 우물 속인데
어디서 끊어야 하나.
밤은 오는데 삼삼오오 기린처럼 앉아서

저건 내 이야기인데 앞사람의 입에서 씹혔다. 내가 입을
열었는데 옆 사람이 흐느꼈다. 이야기마다 손가락이 잘려
있었다.
이야기가 이야기를 만질 수 없다. 내 몸을 만지면 죄짓는
것 같았다.

옛날 영화

천번을 울고 나면 죽는 새가 있다고 한다
꿈속의 누군가 들려준 이야기

걱정 마, 주인공은 사라지지 않아

장마철만 되면 물에 잠기는 마을에서 살았는데
이웃들이 하나둘 떠나거나 사라지고
그래도 마을은 살아남아서 꽃길로 밑그림을 그리는구나

사람들이 온갖 미래를 저질러버려서
지구는 버림받을 뿐 자살은 꿈꿀 수도 없는 거야
이건 죽어가던 엄마가 들려준 이야기

천일 동안 아침마다 코피를 쏟은 적이 있었다
어떻게든 엄마가 약을 구해 오는 동안
나는 끝나지 않고 기다렸다

엄마는 삼십년 전에 끝났지만
명절날이면 어김없이 방영된다

시청자들이 돌아와 채널을 고정한다

사람들이 온갖 슬픔을 축내버려서
시청자들은 울지도 않고 낡은 대사를 함께 외우고
희미해진 미소를 따라 하다가

어느 날 하나둘 불참을 하게 되고
시청률이 떨어지는 날이 오고
특선 영화는 폐지될 것이다
이건 죽음이 들려준 이야기

주인공은 죽지 않으니 시청자들이 죽는다는 이야기일까
그러면 누군가의 새가 되어

죽고 나면 다시는 죽을 수 없다는 불멸의 이야기

꿈속에 혼자

닭이 등장하는 시를 쓸 테야. 당신이 말했어요. 이곳에선
아무도 듣지 못하는데 귓속말을 했어요. 한 구절만 말해봐,
넣어줄게. 그냥 닭 한마리. 닭 한마리? 아뇨, 그냥 닭 한마리.
나는 벗겨진 닭처럼 다리를 꼬고 앉아 머리를 흔들었어요.
당신은 카페를 차릴 거라고도 했어요. 이름은 일요일. 목소
리가 개미만큼 작았지만 유리처럼 투명했어요.

창밖엔 아주 멀리서 토성이 반짝였어요. 나랑 눈이 마주
치자 갑자기 다가왔어요. 가까이 보니 고양이였어요. 헐렁
한 금빛 고리를 목에 두르고 있었어요. 다시 보니 금빛 고리
는 노랗게 맴도는 나비떼였어요. 언젠가 일요일에 데려갈
게. 고양이가 말했어요.

꿈 이야기를 들으며 당신은 외투를 툭툭 털어 걸쳤어요.
이제 어디로 갈까? 노란 목도리를 두르고 나를 봤어요. 일요
일에 가려면 당신이 문을 열어야 해요. 여섯 밤을 지나면 닿
을 수 있을까요? 그사이 왜행성이 되어 눈 밖으로 사라질까
요? 당신이 등장하는 시를 쓸 테야. 내가 말했어요. 행간 속
에 숨으면 아무도 찾지 못하는데 당신은 서둘러 꿈 밖으로
나갔어요. 나는 시 속에 혼자 앉아 목이 잘린 닭처럼 두리번
거려요.

북의 기원

대관람차보다 회전목마가 좋아요. 구름은 높고 공항은 멀어요. 동네 산책이라면 얼마든지요. 전깃줄 위에 내려앉는 새들. 언제 이륙하고 어떤 나무에 착륙하는지 미행하는 일이라면 얼마든지요. 이것이 나의 운동입니다. 미기후를 졸졸 따라다녀요. 나는 바람이 치는 북이에요.

돌개바람엔 큰북, 잔바람엔 작은북. 공사장은 아침 여덟시에 문을 열어요. 기선 제압을 하는 기계음들. 맞은편에는 학교 운동장이 있어요. 흙먼지 속의 아이들이 서로를 부르는 작은 이름들. 나는 칠이 벗겨진 담벼락에 붙어 있어요. 달려라 달려! 벽을 넘는 개미들을 응원해요. 이것이 나의 전투입니다. 목이 잔뜩 쉬었어요. 나는 동네북이에요.

나는 목소리를 떨어요. 귀도 얇아요. 내가 모르는 노래는 당신이 다 불러주니까 내가 부르는 노래는 당신이 몰랐으면 좋겠어요. 무슨 노랜데? 너는 옆머리를 귀 뒤로 곱게 넘겨요. 코끼리처럼 귀를 쫙 펴고 펄럭거렸으면 좋겠어요. 콧김이 내 뺨에 훅 끼쳐서 나는 빨개졌으면 좋겠어요.

시선을 바닥으로 떨구면 노랑나비 머리핀, 비에 젖은 연필, 미아처럼 헤매는 창백한 알약들. 누군가 흘리고 간 것들을 줍고 있어요. 늙기도 전에 허리가 굽었습니다. 죽기도 전에 엎드릴 줄도 압니다. 이것이 나의 노동입니다. 버려진 나도 주워요. 나는 늘 뒷북이에요.

박자가 어긋나도 고개를 기우뚱거리며 따라가요. 당신이 웃어주니까요. 웃으면 복이 온다는 말, 알아요? 모르면 어때요. 나는 옛날 사람. 야근 수당도 없이 죽도록 몸을 쓰는 사람. 원고료를 벌면 병원에 가야 하지만 아무도 없는 밤바다를 보러 가요. 해저 터널을 뚫을 거예요. 탈옥수처럼 잠도 안 자고 구멍을 팔 거예요. 이것이 나의 천직입니다. 성공한다면 해골이 될지도 몰라요. 나는 귀신이 치는 북이에요.

나는 목소리를 떨어요. 영혼도 얇아요. 내가 모르는 귀신은 당신이 다 보았으니까 내게 붙은 귀신은 당신이 몰랐으면 좋겠어요. 저건 뭐야! 서프라이즈 선물이라 해도 믿지 않았으면 좋겠어요. 너는 비명을 지르며 도망쳤으면 좋겠어요. 문턱에 걸려 넘어졌으면 좋겠어요.

잔소리쟁이 간병인을 구했으면 좋겠어요. 깁스를 금세 풀고 막춤을 춘다면 더 좋겠어요. 그러니까 시 같은 건 읽지도 않았으면 좋겠어요. 내가 모르는 아픔은 당신이 다 겪었으니까 내가 앓고 있는 건 당신이 꿈에라도 몰랐으면 좋겠어요. 이것이 나의 사랑입니다. 속을 알 수 없어요. 나는 텅 빈 북이에요.

　　　　접으면 포켓북, 펼치면 스케치북. 주머니 속에선 속삭이지만 우는 얼굴 앞에선 더 크게 울어요. 복창을 하듯이. 사랑밖엔 난 몰라, 심수봉 알아요? 모르면 어때요. 나는 옛날 사람. 내 앞에 뒤통수만 보이는 사람. 내 뒤에 앉아 있는 사람. 대관람차보다 회전목마가 좋아요. 나는 겹겹이 북이에요. 펼쳤다 하면 파본이에요. 당신이 나의 저자입니다. 내가 모르는 이야기는 당신이 이미 지웠으니까 내가 찢은 이야기는 당신이 영영 몰랐으면 좋겠어요.

T-maze

쥐는 쥐대로 쥐다운 삶을 생각한다
없는 출구를 향해 나아간다
왼쪽 모퉁이 끝엔 치즈가 있다

그런 걸 함정이라고 합시다

벽은 벽대로 함정에 빠져서
어둠 속에 더 깊이 뿌리를 내리고
믿음직한 믿음의 길잡이가 되어

그런 걸 학습이라고 합시다

우리는 지하에서 학습을 하고
비상식량을 가득 쌓았다
벙커를 완성했는데

종말이 오지 않아서
최후의 밤이 매일 반복된다

왼쪽과 오른쪽이 반복된다
실패는 성공의 어머니
어머니의 마음을 먹는다면 치즈도 먹을 수 있다

마음은 마음답게 열심히 갈고닦아
용서와 감사를 실천하고
영혼에 못 박혀 죽으면

사흘 만에 부활할까요?
한 사람이 물었다

두 사람이 침묵했다
세 사람이 아멘!
네 사람이 빛의 속도로 두 손을 모았다

그런 걸 이웃이라고 합시다

다섯 사람은 기적처럼 사랑에 빠졌다
네 사람이 러브 샷을 하자

한 사람은 독배를 들었다

그런 걸 고독사라고 합시다

죽음은 죽음대로 죽음의 삶을 생각하고
무덤 속에 누워 함정에 빠진 거라고

이전의 삶을 도리질하고
이후의 삶을 채찍질하고

전염병이 달려오는 속도와
문장이 기어가는 면적은
환율만큼 다른데

그러나 국토의 밤은 어디든 깊고
마지막 열차를 놓치지 않으려고
우리는 몰려들었다

그런 걸 역사라고 합시다

왼쪽 아니면 오른쪽
줄줄이 떠나가는 열차들의 행간 속에는
다시 출구를 찾는 사람들
음악이 철거되는 낡은 역에서

씹히고 씹혀도 차오르는 달덩어리처럼
막다른 길 위로 반짝,
치즈는 치즈대로 치즈다운 삶을 생각했다

일인용 식사

두 사람은 구석에 앉았다. 인형을 만드는 사람과 뱀을 모으는 사람. 두 사람은 창밖을 본다. 금수저를 꺼내는 사람과 칼을 모으는 사람. 두 사람은 식사 기도를 한다. 십자가를 목에 건 사람과 애인을 모으는 사람. 두 사람은 침묵. 식물을 키우는 사람과 유골을 모으는 사람.

이봐요! 인증샷을 찍던 손이 노란 머리카락을 집어 들고 식탁을 내리쳤다. 당황한 노란 머리가 보라색 머리를 뒤집어쓰고 허겁지겁 달려왔다. 졸다가 화들짝 놀란 입이 국물을 쪼르르 흘렸다. 어디선가 접시가 깨지자 귀들이 두리번거렸다. 파편이 튀자 허공에서 별이 빛났다. *별이 빛나는 밤. 별이 빛나는 밤. 지금 이 순간보다 더 순간 같은 우리들.* 폐기 구는 노래하는데 이어폰을 꽂은 검은 모자는 주문을 취소당했다. 죄송합니다. 외부 음악은 반입 금지입니다. 기다리던 주인이 녹음기를 껐다. 오늘은 여기까지.

테이블 위엔 빈 접시가 하나씩 남았다. 자리마다 한 사람씩 일어나 그림자 속에 일행을 집어넣었다. 어둠이 문밖에서 서성거렸다. 듬성듬성 어둠의 송곳니가 가로등처럼 박혀 있었다. 캄캄하고 텅 빈 식도를 타고 어둠의 항문 끝까지 우리는 감은 눈으로 흘러갔다.

지구인

비어 있는 접시들이 쌓여 있는 밤입니다
찬장의 어둠 속에 손을 넣고
접시를 모두 꺼내어 닦고 나면 아침이 올까요

할머니가 물려준 금빛 놋접시는 버리지 못해서
구석에 버려져 있습니다
고대인들은 우아하게 굽다리접시 뚜껑접시를 쓰고
한이 많은 고모는 접시를 닦다 말고 접시춤을 추었습니다

일인 가구가 많은 우리 동네엔 빈 접시가 남아돌아서
고슴도치를 키우고 도마뱀을 키웁니다 아가야, 이리 온!
강아지들은 조기교육을 받고 겸상을 합니다
식구 수와 출산율은 무관해지고

낱말 수와 의사소통은 무관해지고
나의 고양이 선생은 만국 공용어를 가르칩니다
장바구니에 담아둔 북한어 사전이 배송되기도 전에
어쩌면 지구는 다른 별로 이사 갈지도 모르는데

혼자가 된 그는 저녁을 거른 채 종일 요리책에 빠져 있습
니다
아내는 잔소리하다 짐을 쌌습니다
천국의 맛이란 어떤 맛일까요
별별 생각에 잠 못 이루다
별 천지인 하늘을 바라보았습니다
닿을 수 없는 곳에서

보이지 않는 거대한 접시들이 날아다니는 밤입니다
밤하늘 속에 손을 넣고
별자리를 옮길 수 있다면 내일이 올까요

모르는 맛은 영원히 모르고
내일 맛보게 되는 건 어제도 알았던 맛일 텐데

외계어로 시를 쓰고 외계인을 사랑하고
우주 해변에 앉아 나란히 혀를 대는
미래의 맛이란 어떤 맛일까요
주워 담을 수 없이 엎질러진 별빛 속에서

시간의 절벽을 거슬러 오르듯

찬장의 접시를 모두 닦았는데
거울 속에 낡은 접시 하나가 빠져 있습니다
어제 씹다 만 면발을 물고 있습니다
접시 수와 메뉴는 무관해지고

손바닥 수와 연대는 점점 더 무관해지고
접시돌리기의 고수들은 손가락 하나로도 감동을 주는데
찌꺼기로 남은 고백들은 어디에 묻어야 하나요

9인분의 식사를 차리는 건 혼자서도 가능합니다
9인분의 식사를 비우는 건 무엇이 더 필요할까요

밤의 원주민

간밤에 천사가 내 귀를 깨물며 말했지
어쩌다 잠수함처럼 가라앉았니 앙칼지던 첫울음을 기억
하렴

깊고 깊은 수심에 잠겨 내가 처음 태어났을 때
어깻죽지에 물이끼처럼 붙어 있는 날개를 천사가 핥으며
말했지
이런 건 쓸모없는 사족이야

천사는 보이지 않는 것
믿음에 가까운 것

눈물이 넘쳐서 마르지 않으면
창을 열고 들어와 천사의 빗자루가 천천히 쓸어 갔다
이건 할머니가 지어낸 천사 이야기

뚫린 가슴에 돌덩이를 얹고서 절뚝절뚝 걸으면
천사가 다가와 발가락을 깨물며 소리쳤지
잠깐 멈추고 저기 좀 봐!

깜짝 놀라 재채기하듯 돌덩이는 튀어나오고

그 소리가 얼마나 컸던지
십년 전의 사람이 꽃을 떨어뜨리고
십년 후의 사람이 칼을 떨어뜨리고

다 함께 걸음을 멈추고 서서
천사의 메아리를 들으며 수평선을 돌아봤다
이건 엄마가 지어낸 천사 이야기

바다 끝 붉은 천사의 가랑이 사이로 해가 쏟아지면
물결처럼 넘실거리는 새끼 천사들

우리가 비명을 터뜨린 건 날개가 사라졌기 때문인데
아무리 추락해도 바닥엔 닿지 않아서
팔다리가 허우적거리는 길고 긴 날

눈을 비비면 희미하게 눈물이 났다
잃어버린 날개의 티끌 하나가 눈 속에 박혀 있기 때문인데

흰자위에 붉은 실뿌리가 돋아나고

그러면 천사가 땅에 닿을락 말락 땅거미를 끌면서 물을
주러 왔지
눈에서 잎사귀가 피어나면
어른이 되는 거란다 몸의 계절이 시작되는 거지
이건 비가 오는 밤 내가 지어낸 천사 이야기

무서워서 우는 아이들을 불러 모으며
나는 어른이 되었고

눈앞이 순간순간 까매졌다
천사가 내 머리를 통째로 머금었기 때문인데
턱을 찢어지게 벌리고
입에 넣은 머리통들을 살살 굴리며 유리구슬처럼 바꾸는
순간이다

눈을 뜨면 낯선 얼굴이 어깨 위에서 불쑥,
갑자기 모든 것이 이해되는 순간이 오고

길고 부드러운 혀가 물뱀처럼 핥으면
천천히 잠이 흐르는
천사의 이야기는 너무나 흔해서

　　　　천사는 우리 곁에 있는 것
　　　　밤에 가까운 것

상반신과 하반신이 마술 상자 안에서 잘려 나가듯
두 발이 다시 돌아올 때까지
텅 빈 신발처럼

잠이 들 때 미운 사람은 아무도 없었다

엑스트라가 주인공인 영화의 엑스트라들

우리는 누운 자세로 할 수 있는 것을 생각했다
말을 하면 안 된다
딸꾹질도 안 된다

쓰러지면서 최선을 다해 마주 누웠다
눈빛에 눈빛을 더하면서

한쪽 눈을 찡긋하면 반갑다는 거고
동공이 자꾸 흔들리면 불안과 초조
두 눈을 깊이 감고 있으면, 오늘도 무사히!

이런 것쯤은 정하지 않고도 가능해서
우리는 생각에 생각을 거듭했다

감정보다는 스웨터! 같은 것
영혼보다는 크림빵! 같은 것
결국엔 말에 가까워져서

눈을 오므리면: 너무 춥지 않아?

눈알을 빙빙 돌리면: 잠 못 자서 어지러워
흰자위를 납작 뒤집으면: 나도 배고파

그러나 꼬르륵거리면 들켜버리고
들키고 나면 이 바닥에서도 쫓겨나니까

우리는 누운 자세로 숨을 수 있는 것을 생각했다
잠을 자면 안 된다
하품도 안 된다

반질반질 네 귀퉁이가 닳은 대본처럼
타인의 대사에 죽죽 그은 밑줄처럼

밤이 이어지고
비가 뿌려지고

눈 깜박깜박: 오늘은 시체들이 꾸는 꿈속 같아
눈 깜-박: 꼭 진짜 같지 않니?
눈 깜박 깜박 깜박: 그래, 마술 같구나

이렇게 리얼한 날에는 죽음도 속일 수 있어서

침묵을 암기하고
침묵을 재해석하고
침묵이 침묵을 속여가면서

우리는 무사히 퇴장할 때까지
끝내 살아 있었다
죽음에 죽음을 더하면서

제4계절

그러나 어디부터 어디까지가 나의 귀일까

우울과 경청

넌 귀가 제일 예쁘단다 내가 말을 걸면 뱃속에서 똑똑 두
드렸다니까 그 깜찍한 것을 종이배처럼 밀면서 물결을 가르
듯 내 배를 가르고 세상에 온 거지

꽃을 아끼는 나비의 마음으로
알을 품는 조류의 심정으로

엄마는 내 귀를 보석함에 넣어두고 천사가 되어 날아갔다
천사 새끼인 나는 몰래 꺼내 비누칠을 하고 고막까지 닦
았다
귀를 핥는 애인이 있었다고 고백한다면 엄마는 총 맞은
새처럼 하늘에서 뚝 떨어질까

귀에는 흠뻑 사랑의 거품이 넘치고

물줄기를 맞으며 봄날을 떠내려 보내고
축 늘어진 지느러미를 베고 누워 잠만 자던 여름날

먹물 같은 흐느낌이 머리맡에서 철철 흘렀다

밖에는 붉은 비 내리고 아물 때까지 기다리는데
절뚝거리는 목소리가 귀를 두드렸다
당신도 아프고 그녀도 아픈데 왜 두 사람은 적이 되었나
또다른 부상병이 찾아오고 귓속이 포화로 가득한 날
순간순간 눈을 비볐을 뿐인데 세 사람은 언제 전우가 되
었나
졸면서도 끄덕끄덕 나는 종군기자도 아닌데
실타래처럼 부푸는 이야기 속에서

(어디서 끊어야 하나)

귀가 너무 얇아져서 각이 지게 접을 수 있는데
그러나 뾰족하게 날리면 내 가슴에 꽂히고
귀를 기울일수록 못 들은 말이 늘어나고

내가 잠든 새벽에 주방에서 소리가 나요
귀는 아무래도 치매에 걸린 것 같아요 등을 구부리고 혼
자 앉아
무얼 되씹는지 캑캑거리고 무얼 까먹었는지 실실거리고

거리로 뛰쳐나가 사람들이 아무렇게나 흘린 것들도 주워
먹어요
　이봐요, 집이 어디예요? 누군가 물어봐주면 좋을 텐데
　차력사처럼 귀에다 끈을 묶었어요 잠이라도 집에서 자라고

　머리에 피가 고인 엄마는 바닥에 누워 있었다
　눈은 이미 감긴 채 팔을 잘라달라고만 웅얼거렸다
　내 손에 피를 묻혔다면 지상에 머물렀을까
　천사 새끼인 나는 듣지 않았다 날개를 자르면 벌 받을 것
같아서

　병원에 오면 교회 가는 기분이에요
　한번만 살려주세요!
　헌금을 하면서 구걸하니까
　입을 열 때마다 죄가 샘솟으니까
　죽음 앞에서 손 붙잡고 할 수 있는 것, 그중에 제일은 사랑
이니까

　선생님, 고흐가 왜 귀를 잘랐는지 아세요?

손을 자를 순 없으니까요

절필할 수는 없으니까요
밤에 거울을 들여다보면 귀가 보이지 않아요
그러다 만 자화상처럼

죽은 사람들은 죽어서도 할 말이 남아서
꿈속의 빈 의자를 찾아다니고

또 악몽 꾸었니? 엄마는 내 머리 위에 두 손을 얹고 기도
했다
우리가 가까워지는 유일한 시간
엄마가 보이지도 않는 아버지를 부르며 사탄! 사탄! 그러면
천사 새끼인 나는 사탕! 사탕! 그렇게 들려서

귀에는 흠뻑 사랑의 거품이 넘치고

우리는 풀리지 않는 기억을 엮으면서 죽도록 속삭입니다
창밖에는 모르는 인생이 쌓여가고

모르는 인생의 귀퉁이가 조금씩 닳고
한번도 펼쳐진 적 없는 책늘이 꽂혀 있는 도서관저럼

오늘은 무너지듯 폭설이 오고
사람들은 외국어처럼 겉돌아서
나는 귓속으로 걸어 들어갔다 끝없는 복도에는
베낄 수 없는 문장들이 달빛도 없이 흐르고
바람도 없이 흘러서
이야기는 혼자서도 흘러가는데

(어디서 끊어야 하나)

어느 날 천사 새끼인 나는 내 귀에 대고 물었다
엄마의 날개를 자르면 벌 받았을까
날개 잃은 엄마를 가졌다면 그래도 사랑했을까

귀를 기울일수록 빨갛게 달아오르고
귀와 귀 사이
무심한 행간이 물처럼 펼쳐진다면

우리의 인생보다 길 텐데

너의 귀는 아름답구나
귀뿌리에 대고 누가 속삭여준다면 붉은 꽃잎처럼 종이에
곱게 싸서 주고 싶은 밤입니다
그러나 어디부터 어디까지가 나의 귀일까

영향력

옆집에서 불이 났는데
라이터가 내 손에 있었다

연기를 몰래 뿜으면 덩굴손처럼
베란다를 타고 올라가 누군가의 목을 졸랐다

207호가 올라가자 702호가 추락했다

아이들이 찢어지게 울 때마다
정원의 고양이들이 하나둘 사라졌다

한 층을 다 외우고
낯선 이삿짐을 훔쳐보고

천장 위에 잔디 매트가 깔린 후
깊은 잠에 빠졌는데

복도 위에 복도가 펼쳐졌다
계단 아래 계단이 줄을 바꿨다

행갈이가 계속되었다

손을 꽉 쥐고 있었다
땀범벅이 비처럼 흘러

손을 놓은 커플이 있었다
너무 오래 품으면 딱딱하게 굳어서

입김을 날리고 싶지만
입속에 돌멩이를 쥐고 있었다

905호가 깨지자 509호가 재결합했다

시선을 내리고 발꿈치를 올리고
깨질 듯 깨질 듯 살얼음처럼 스치는

유리창 안에는 손을 흔드는 사람들
웃는지 우는지 알 수 없었다

간밤엔 누가 멀리 이사를 갔다
지상의 마지막 월세가 마지막 밥상 위에 남았나

신세계

그해 겨울 세상이 다 덮일 만큼 눈이 내려서
눈싸움을 하다가

그런데도 겨울이 끝나지 않는구나
일기예보만 보다가

모르는 교통수단이 운행되고
모르는 경작 방법이 도입되고

겨울을 먹고 겨울을 싸고 겨울을 달리고 겨울을 멈춰도

인생이 다 덮일 만큼 겨울이 쌓여서
겨울잠만 자다가

그런데도 세상이 끝나지 않는구나
이제는 눈에서 눈을 뗄 수 없고 눈에서 삶을 뗄 수 없구나

눈으로 일기를 쓰고 눈으로 편지를 쓰고 눈으로 시를 쓰
다가

눈은 뭉치기에 좋은 것
눈은 뭉개기에도 좋은 것

눈옷을 입은 소녀들이 발을 구르며 빙글빙글 춤을 추고
눈밭 위의 소년들이 희끗희끗 씨를 뿌리고

연인들은 눈꽃으로 부케를 만들고
반려견들은 눈길 위로 웨딩 카를 끌고

눈으로 밥을 짓고 눈으로 집을 짓고 눈으로 이름을 짓다가

그러고도 남은 눈은 사람을 만들었다

벽에 갇힌 사람들

도대체 누가 이러는 걸까요? 어제도 미혼모 집 쌍둥이가
여기 있었대요. 하얀 벽을 왜 가만두지 못할까요? 쥐방울만
한 녀석들이 벽인지 종이인지 알기나 하겠어요. **불안이나 결
핍 같은 건 아닐까요?** 설마 학대받는 건 아니겠죠? 불행한
엄마는 거칠고 무책임한 법이잖아요. 유기견도 키운다던데
그럴 리가요. 개 키우는 이유야 수십가지죠. 남편이 그러는
데 개에게 물린 사람이 지구대에 잡혀 왔었대요, 그 집 담을
넘다가 그런 거래요. 훔칠 게 많다면 훔친 것도 많지 않을까
요? 담이 높다면 숨긴 게 많겠죠. 재벌가 상속녀라고 하던데
요. 맞아요, 그 집 정원사 얘기로는 방이 아홉개라나? 그런
집 놔두고 녀석들이 여기서 논다는 게 말이 돼요? **무슨 의도
를 품고 있는 건 아닐까요?** 메시지 같은 게 남아 있는지 살펴
봐요. 그러고 보니 낙서라고 하기엔 어딘지 묘한 느낌이 있
어요. 혹시 천재들 아닐까요? 우리 동네가 유명해질지도 모
르죠. 그럼, 지우지 말까요? 결정은 누가 하죠? 다수결 어
때요?

이건 비밀인데요, 쌍둥이 녀석 말고도 식구가 더 있대요. 시한부
아이 어쩌고 하는 걸 나도 들었어요. 어젯밤 그 집 골목에서 구급

차가 나오는 걸 누가 봤다던데요? 그건 쌍둥이 녀석 중 하나일걸요. 맞아요, 두 녀석이 칼 장난도 한다던데요? 칼과 장난을 구별 못하는 나이잖아요. 설마 이 낙서도 피로 쓴 건 아니겠죠? 피와 물감이 구별 안 되는 벽이니까요.

그런데요, 어제 실려 간 아이가 쌍둥이라면 간밤의 두 녀석은 말이 안 되잖아요. 녀석들은 혹시 세쌍둥이가 아닐까요? 녀석들의 얼굴을 아는 사람 있어요? 늘 벽을 보고 서 있는데 누가 알겠어요. 간밤의 녀석들은 그럼 그 녀석들이 맞을까요? 여기 붙어 있으면 그 또래 녀석들은 뒤통수가 모두 닮았잖아요. 뒤에서 보면 우리도 헷갈리겠죠? 어쩌다 우린 쌍둥이에게 빠진 거죠? **여기서 멈추면 없었던 이야기가 될까요?** 차라리 벽을 새로 칠하는 건 어때요? 낙서를 다 지우려면 얼마나 많은 이야기가 필요할까요? 사람을 더 모아야 할까요? 도대체 이 벽은 어디가 끝이죠? 이건 함정일지도 몰라요. 녀석들이 지나간 흔적인데 왜 우리가 남아 있죠? 이야기가 끝나면 우리도 지워질까요? **그러면 벽은 누가 지키죠?** 우리가 지나간 흔적에도 누군가 남아 있을까요? 어쩌면 이건 벽이 아닐지도 몰라요. 그런데 아까부터 손그림자 하나가

겉도는 거 알아요? 뒤돌아보지 말아요. 쉿, 우리 말고 누가
또 여기 있는 거죠?

진홍의 왕

어쩌면 이건 내가 하려던 이야기

지난겨울의 천재지변과 누구나 아는 재앙 같은 것
밤낮 없는 암흑천지와 누구나 앓던 우울 같은 것

물 건너온 이야기야 Crimson King 말이야
권력의 뿌리를 심는 상록수들과 전쟁을 연주하는 오케스
트라
피로 지은 진홍빛 궁정의 지배자
킹 크림슨의 시적인 메시지야
프로그레시브한 락(樂)이지

진홍의 왕에 갇힐수록
잡을 수도 끊을 수도 없는 이야기
두 계절이 지나도록 내 손에는 붙지 않아서

Starless나 밤새 듣다가
I Talk to the Wind나 흥얼거리다가
아홉번을 따라 불러도 내 입에는 붙지 않아서

슬그머니 곡조를 바꾸고 익숙하게 읊조리는
오후만 있던 일요일
그러다 울컥 손도 입도 멈추고

누군가의 기도를 듣듯
멍하니 경청만 하는 오후만 있던 일요일

* 진홍의 왕(Crimson King): King Crimson, 「The Court of the
 Crimson King」.

신비주의

아무도 모르게 우린 첫눈에 빠져들었어요
길 위의 모든 밤이 썰물처럼 빠져나갔어요

나무에 걸린 햇빛을 따다가 내 눈에 씌워주어서
우리는 반짝반짝 밤과 낮의 절취선을 모르게 되고

신비의 탄생이란 이런 것

나를 끌고 다니며 낯선 이웃을 소개했어요
안녕하세요? 잘 부탁드립니다
물렁한 새가슴에 용기를 찔러 넣으며

무서운 이웃이 불을 끄는 때를 기다리게 하고
다정한 이웃을 만나면 밤새 야옹거리면서

가시 담장의 둘레와 진흙탕 바닥의 깊이에 대해
넘을 수 없는 세계와 넘을 수밖에 없는 세계에 대해

줄을 그으며 우린 달렸어요

운동회 날 만국기처럼 온갖 마음이 펄럭거리도록

신비의 세계란 이런 것

골목에 전쟁이 나면
내 뒷덜미를 물고서 따뜻한 숲속으로 날랐어요
우리 여기서 살까?
그러면 나를 잠들기 전에 지하 서식지로 돌려보내고

흰 고양이 검은 고양이 낳아서 내 품에 안겨주었죠
고무풍선처럼 집 안 가득 입김을 불어 넣고

신비는 나보다 먼저 골목을 떠났어요
길 위의 모든 밤이 밀물처럼 밀려오는 밤

그러나 고독한 순간에도 나뭇가지는 흔들리고
멀리서 아주 멀리서
계절 속으로 슬픔을 한잎씩 떨어뜨리듯

신비의 영혼이란 이런 것

돌아갈 수 없는 옛 골목은 빈 상자가 되어 비를 맞지만
우리는 영원히 안과 밖의 절취선을 모르게 되고
헤어진 후에는 사라질 줄 모르게 되고

밀루야, 부르면 신비의 흰 그림자가 달려옵니다
소설아, 부르면 신비의 검은 꼬리가 나를 파고듭니다

내 안의 골목 어디쯤
아무도 모르게 숨어서 사는 걸까

신비야, 부르면 내 마음이 대답합니다
누군가 삼키다 버린 눈물의 뼈를 묵묵히 핥으면서
길 위의 모든 신비가 그랬듯이

* 길고양이 미사는 신비를 낳았고 신비는 밀루와 소설을 낳았고
   밀루와 소설은 나를 낳았고 나는 너를 낳았고 너는 만물을 낳았
   고 만물은 신을 낳았다. 신비의 비밀은 이런 것.

지박령

측두엽에 불이 붙어서
예뻤던 오른쪽 뇌가 타오를 때마다
사진을 찍으면 폐가처럼 들여다보는 것인데

죽은 고양이 한마리가 살고 있다
머릿속엔 골목이 많고
가슴속엔 강물이 많고

죽은 고양이는 겁이 많아서
밖으로 나오지 않는다

발가락부터 정수리까지 쥐가 오르고
쓰러진 내 머리가 갉아 먹히면
나는 약을 지어다 죽은 고양이에게 먹이는 것이다

그러면 죽은 고양이가 벌떡 일어나
식료품을 사 오라 하고 밥을 지어 내게 먹이는 것이다

죽은 고양이는 정미년 어느 겨울날 태어났다

그해 죽었다는 뜻일까
그해부터 죽음의 첩자가 되어 내게 심부름을 시키고

나는 시계들을 주워 와 죽은 고양이의 태엽을 감고
단어들을 물고 와 죽은 고양이의 입을 벌린다

오늘은 발코니에 앉아 죽은 고양이가 시를 쓴다
고개를 갸웃거리며
화단에 물을 주던 내가 올려다본다

다음엔 물고기 이야기를 들려줄래?
나는 말하고

까맣게 그을린 벽들을 돌아보며
죽은 고양이는 쉿!
나의 입을 막는 것이다

다음은 누구도 알 수 없어
이건 처방전을 쓰던 주치의의 말

복도와 그림자

병이 깊은 날에는 혼자 있고 싶어요
선생님도 그렇죠? 몸에서 이상한 냄새가 나요

그러면 멀리 떨어져 있는 집을 만들어야겠지
신발장엔 등산화와 우산을 넣어두고
창문은 늘 가로등처럼 켜두어야지

꽃병도 깊숙이 닦아 꺼내놓을래요
허기지면 씹을 수 있는 문장들도 만두처럼 빚어야겠지

그러면 모니터보다 환한 식탁을 만들어야겠지
식탁보를 고르고 의자도 늘려야겠지

만두를 맛있게 먹는 애인을 만들고
예쁘게 피어나는 새치와
내 무릎 위에 재우고 똑 똑 깎아주고 싶은 손톱까지도

길고 흰 복도를 걸어 나오면 기다렸다는 듯이 신호등이
바뀔까요

귀가 밝은 누군가 귀신처럼 손을 흔드는
빈집의 창문 너머로

폭설이 불처럼 번지는
국회와 공항과 실시간의 유튜브 속에서

길고 흰 복도를 걸어 나오면 기다렸다는 듯이 계절이 바
뀔까요

밀린 시간 속으로 귀가하는
어두워진 사람들 속에 우두커니 서서
불 꺼진 눈구멍들을 바라보면

선생님, 자꾸 이상한 냄새가 나요
흐르던 피가 다리 사이에 말라붙고 심장이 졸아들어 개미
가슴이 되었는데

소나기처럼 울어대는 아기를 만들고 싶어요

붉은 뺨이 터지도록

봄이 오면 재발할까요
흉터가 도지듯 꽃이 필까요

12월 3일

살을 벗어서 흙과 나무에게
피를 부어서 야윈 장불에게
뼈를 갈아서 구름과 음악에게

이전의 모든 영혼의 유산이
이후의 모든 평일과 생년월일에게

기어다니는 복면의 무리는
쩍쩍 갈라지는 뱀의 등허리에게

허물을 벗고 잠들 수 있는 용기의 눈꺼풀과

생쌀 같은 빛과
깊은 밤의 고해성사만 남아서

다음 세대에게

제너레이션

낙하산 없이 허공으로 던져진 사람 같아
너는 믿음을 잃어버려서 매달려 있는 줄도 모르고

겨울 해변에 혼자 떨어져 앉아

바다 너머 모국어를 두고 온 사람 같아
너는 울음소리를 잃어버려서 울고 있는 줄도 모르고

집이 나올 때까지 집 안을 맴돌다가 가출했다고 했다
사방이 벽인 거대한 액자 속에서

그건 유체이탈을 했다는 말처럼 들려서
너를 거울 속에 담그고 땟국물을 씻어주고 싶다

얼굴에 낙서를 하면 영혼은 돌아올 수 없다는데

어설픈 엄마 냄새가 난다
뿌옇게 겉도는 비릿한 화장 냄새
한줌이 되어 돌아온 매캐한 화장 냄새

악몽을 꾸는 내 머리 위에 누 손을 얹고 기도해줄 때만
나는 엄마가 만져졌다 그 손을 놓치지 않으려고

아직도 악몽을 꾸는 것 같아
나는 엄마를 잃어버려서 엄마가 된 줄도 모르고

내가 망을 봐준다면
너의 주머니에도 너만의 비밀을 훔칠 수 있을까
너는 엄마를 잃어버려서 아직 소녀인 줄도 모르고

이인조가 되어 한쌍의 날개가 된다면
우린 더 많은 벽을 넘을 수 있을지도 몰라

악몽을 뚫고 베개를 들고 다니는 밤의 유목민이 되어

돌아오지 않는 사람이 될 수도 있겠지만
잠시만 무릎을 내려놓으면 안 될까
너는 불안을 잃어버려서 피가 흐르는 줄도 모르고

시간의 벽을 넘어서 누군가 다가올 때까지
너의 일기장에 무뎌진 손을 얹고 기도하듯 이야기를 이어
쓸 때까지

봄이 오는 숲속에 함께 누워

양 한마리 양 두마리 구름이나 세면서
빨간약을 바르는 꽃나무들이나 보면서

그러면 뼈끝에서 손톱이 돋아나고
어느 날 몸속에서 눈을 떴을 때 긴 꿈을 꾸었다고 돌아볼
텐데

너는 손을 놓쳤을 뿐 네 옆에 있는 줄도 모르고

허공을 떠도는 텅 빈 영원 속에
혼자 남겨질 너를 두고

죽지 말아요
오늘은 죽지 말아요

* 그러나 한 소녀가 죽었다. 이 시를 세상에 흘려보내고 얼마 뒤였
다. 얼굴도 희미해진 그애가 꿈에 나왔던 날 부고를 받았다. 집을
나온 후 우울증이 심했다고 한다. 시를 너에게 주었다면 시는 붙
잡을 수 있었을까. 다만 한 사람.

제5계절

다음엔 우리 얘기만 해요

라이터

누군가 손을 내밀었을 것이다
함께 지하를 파고 일층을 다지고 이층을 쌓고 삼층을 올리고
옥상에서 잠깐 쉬었던 것 같다
난간에 걸터앉아 까마득한 시간을 내려다보았다

누군가 물처럼 흘러내렸을 것이다
손이 닿을 수 없는 기억 속에서
한모금씩 연기를 뿜으며 하얗게 시야를 지웠다
이것은 어디서 왔을까

한개의 라이터가 손 안에 있었다

손에서 손으로 떠돌다가
막다른 손 안에 들어갔을 것이다 무심히
낡은 가방 속으로 스몄을 것이다 아무도 모르게
뚫린 구멍 속에서 다시 빠져나갔을 것이다
바닥을 헤매던 사람이 주머니에 넣었을 것이다

주머니에서 주머니로 스미듯이
우리는 어둡고 비좁은 실내에 들어 있었다

누군가 밖으로 나갔을 것이다
끊는 게 대세라지만
끊지 못한 사람들이 모여들어 불을 옮겼다
어깨를 맞대며 손으로 바람을 막았다

누군가 손을 데었을 것이다
불꽃이 마음을 타고 올라가
난간처럼 어깨부터 무너졌을 것이다
한 사람이 폭발하면 함께 먼지구름을 뒤집어쓰고

우리는 파편처럼 흩어졌다
누구의 꽁초인지도 모를
타다 만 이야기들이 뒤엉켜 쌓여 있는 길 위에서

연기는 유해하고
라이터는 쓸모없어서

언젠가 세상에서 사라질지도 모르는데

지면에서 지면으로 흐르는 건
몇줄의 발자국뿐일지도 모르는데

한 사람의 라이터가 문 밖에 있었다

멍하니 시간만 읽던 사람들이 뒤따라 나갔다
부싯돌 같은 눈빛들을 이리저리 부딪치며
건물 뒤편 희뿌연 잿더미 옆에 기대어

불을 건넨 사람과 불을 붙이는 사람 사이로 꺼질 듯
꺼질 듯한 이야기가 시작되었다
누군가의 손바닥 위에서

동시대

미안해요, 저녁은 다음에요. 시를 쓰다가 잠들었어요. 나도 모르게 흐느꼈나봐요. 어디선가 산신령이 나타났어요. 머리부터 발끝까지 하얗게 펄럭였어요. 반짝반짝 광이 나는 종이를 들고 있었어요. 이 시가 너의 것이냐? 아니요. 그럼 이 시가 너의 것이냐? 아니아니요. 제 시는 흔하고 낡았어요. 흠이 많아요. 흠, 그럼 너의 시는 꿈 밖으로 나가서 찾아보거라. 거기서 걸어 나오는 데 일년이 걸렸나봐요. 아무리 손을 흔들어도 꿈속에선 히치하이킹이 통할 리 없으니까요. 더듬거리며 돌아온 해묵은 시 속에서,

내가 처음 본 공포영화는 헬 나이트였다
서로 다른 시간을 걸어서
우리는 어둠 속에 모여 있었다
친구들은 손을 잡았고 연인들은 껴안았으며
소녀들은 눈을 가렸고 부모들은 눈을 떼지도 않고
팝콘을 먹었다 더듬더듬 먹다가 목에 걸렸다
소리 내지는 못하고 삼키지도 못하고
속으로만 토했다 헬헬헬
그게 더 기괴해서 우는 아이들이 있었고

얇고 낡은 천장에선 비가 샜고

영화관이 빗물로 꽉 찬다면 아이늘이 넌서 익사할 뗀데

콸콸콸 빗소리에 빠져서 내가 먼저 눈이 감겼나봐요. 나
는 벌떡 일어나 수도꼭지를 잠그러 갔어요. 그사이에 누군
가 사라지고 울던 아이들은 자러 가고 악마는 아직 행간 속
에 숨어 있죠. 그렇게 웃지 마요, 보고 싶잖아요. 호러와 코
미디는 한끗 차이라고요? 그래요, 이 시 끝나고 나면 한번
봐요, 친구여. 어둠의 포로가 되어 내 손을 꽉 잡고 있는 친
구여. 언젠가 환한 곳에서 얼굴도 마주 봐요. 아니아니요, 국
가를 말아먹다니요, 국수 말아 먹는 거 좋아요. 김밥천국도
괜찮아요. 김밥은 천국이 꾸는 꿈. 다음엔 우리 얘기만 해요.

살과 뼈

두루마리보다 티슈가 좋아
아무 데나 구르지 않으니까 자면서도 각을 잡으니까

손끝이 젖어 있었다
살 속에 손을 넣으면 맥박이 뛰었다

은행 강도처럼 내 몸을 뒤질 수 있다는 게
허공처럼 털릴 수 있다는 게
시체처럼 뻗을 수 있다는 게

고무줄처럼 허우적거리는 팔이
포옹 없이도 혼자서 되돌아올 수 있다는 게

작은창자가 짖어대면 쪼그리고 옆에 앉아 뱃가죽을 쓰다
듬으며

위장(僞裝)을 모르는 위장(胃腸)처럼
수사(修辭)를 모르는 수사(搜査)처럼

뼈가 어긋날 때마다 문진을 당했다
안쓰러운 가장이 되어 내 옆에 누웠다
막다른 벽까지 떠밀려도 죽음에 기대지 않는다는 게

날갯짓하던 뇌가 새장처럼 비어간다는 게
그림자를 지우는 지우개들이 통증 없이도 피가 날 수 있
다는 게

버스 표지판처럼 우뚝 서 있었다
나를 태우지 않고도 지나가는 내 인생을 바라보았다

어디서 굴러왔는지도 모르는 양파처럼
물이 새는 눈알을 손질하고

아침을 시작하려고
가장 깊고 아득한 밤을 껐다가 다시 켰다

마른 탯줄을 목에 감고

숙자씨는 나를 낳으시고 미역국 끓여 드셨을까
지우려다 실패한 나를 낳으시고 속 끓여 드셨을까
그러다가 금세 기억을 말아 드셨을까
미안하단 말은 죽어도 하기 싫어 서둘러 눈감으셨나
그래 놓고 잊을 만하면
무얼 자꾸 갚으라고 빚쟁이처럼 맴도시나
가진 거라곤 시밖에 없는 주머니까지 털겠다고
무뎌진 연필에 침 발라주시나
그러다가 문득 나보다 늙었구나 언니 언니 놀리더니
빈손은 되지 말라고
여섯번째 손가락처럼 자꾸만 삐져나오실까
지우려다 실패한 숙자씨를 은근슬쩍 떼어놓으려고
나는 또 머리를 굴리는데
약 끊고 손목 끊어도 당신은 끊지 말라고
새끼손가락을 내 손가락에 걸어두셨나

옛날 귀신

죽은 사람이 밤마다 따라왔다
하루 이틀 사흘 나는 눈을 감고 딜리다기
백일이 되던 날 눈을 뜨고 달렸다
천일이 되던 날 달리기를 멈추었다
발끝에 힘을 주자 나는 날았고 내 발로 꿈속을 걸어 나왔다

                #

누나, 자각몽이 뭐야?
내가 우물거리자 아버지는 채널을 돌렸다
커트 머리 엄마와 동생들과 오빠들이 나란히 앉아 납량
영화를 시청했다
나는 벽 쪽으로 돌아앉았다 길게 매달린 거울 속에서
여섯개의 뒤통수가 검은자위처럼 마주 보았다
나는 할머니 방으로 뛰었다
마루가 강처럼 깊어서 폭폭 빠졌다
방문을 잠그고 웅크려 앉았다 무릎 사이에 얼굴을 묻고
주먹을 말아 귓구멍을 틀어막았다
그림자처럼 뒤를 따라온

사지가 뒤틀린 피아노 소리가 귓불에서 뚝뚝 끊어져 흐르
는데
　나무 꼬챙이 같은 손가락이 머리칼 속으로 쑥 들어왔다
　십년째 생선처럼 누워만 있던 할머니가 퀭한 눈으로 속삭
였다
　우린 같은 빙에 있구나

　　　　　　#

어른들은 마당에서 잔치를 하고
아이들은 나무총을 들고 방에 모여 있었다
누나, 같이 놀자
기다렸다는 듯이 나는 머리끈을 풀었다
허리까지 내려오는 머리칼을 앞으로 쏟았다
까맣게 얼굴이 지워지자
아이들이 까르르 흩어졌다
스무살 서른살 마흔살까지 뒤도 안 보고 달아났다
소녀 귀신은 어디로 사라졌을까

140

\#

그런데 말이야
시골 외갓집 창고에서는 이상한 소리가 나곤 했어
혼자서 노는 꿈속은 얼마나 무서웠을까
귀신이 우는 거라고 사람들은 달아났지
난 갇혀 있는 사람이라고 생각했지만

흙과 물

누군가 나를 옮기다가 떨어뜨린 것 같다
나를 줍지 않아서

눈을 뜨면 깨진 방이었다
화분처럼 부서진 꿈에서 나와 햇빛을 향해 기어갔다

손톱을 자르듯 손에 닿은 것들을 자를 수 있을까

비에 긁히는 유리창
바닥에 떨어진 어린 새
창문을 열어주었다

흰 수건으로 닦아주었다
깃털을 다시 꿰매고
허공을 열어주었다

하늘을 오르면 산을 오르듯 새들도 숨이 찰까

날이 밝도록 공중 계단을 쌓으면

흰 눈이 더 높이 쌓이고

누군가 나를 주우려다 떨어뜨린 것 같다
나를 파묻지는 않아서

눈을 감으면 어디론가 떠내려갔다
쌓인 눈이 얼마나 깊은지
폭포수처럼 흘러서

모르는 밤들을 지나
주인도 없는 작은 무덤들을 지나

나는 물속에 누워 있다
누군가 나를 꺼내 기억 속에 담는다

내가 없는 시간 속에서

나의 고양이를 찌른 사람이
간밤에 불쑥 찾아왔다

나무숲도 아니고 무지개다리도 아니고

기억 속에 묻혀 있던
고양이와 함께 왔다

내가 없는 다락방에서
피가 묻은 고양이를 베고 누워
잠을 쿨쿨 잤다

고기 냄새가 밴 옷소매로
코드 빠진 냉장고를 뒤지고
이빨 빠진 하이에나처럼 허겁지겁
묽은 아침을 떠먹었다

내가 없는 식탁에 앉아
빨간 국물을 뚝뚝 흘렸다

십년 묵은 체증이 죄보다 두껍게 있는지
대기권이라도 뚫을 듯
트림을 로켓처럼 쏘아 올렸다

파랗게 이끼가 핀 전축을 틀고
회전반을 되감으며 추억의 재즈도 꺼내 들었다

내가 없는 정원에 앉아
바닥에 떨어진 햇빛도 한줌 주머니에 넣었다
불에 그을린 창고를 뒤지고

불에 타다 만 일기장을 펼치고 서서
용서해달라고 떠들었다
무릎 꿇지는 않았다

내가 없는 사진 속에 죽은 고양이를 넣고
눈물 같은 닭똥을 흘렸다

내가 없는 안락의자에 앉아
모든 걸 되돌리고 싶다고 중얼거렸다
최면에 걸린 사람처럼

전생 속으로 걸어 들어가듯
나는 걸레를 들고 밖으로 나갔다

여기서 뭐 하십니까?
내가 없는 목소리로 내가 물었다
믿지도 않는 십자가를 품속에서 꺼내 흔들었다

나는 옆집에 살았다
폐가엔 가지 않았다

귀신이 우는 밤이면
나도 모르게 일어나 나갔다
무심한 두 손으로 닭똥을 치우고

빈집을 걸어 잠갔다

죽은 심장이 있는 사진 속으로 들어가

내가 없는 몸속에 누웠다

우주의 한 점으로서 바라본 우주의 깊고
고요하고 무궁한 흰 발자국

 * 설탕우주는 2009년 6월 7일 정오 무렵 반지
하의 인간계에 내려와 2023년 9월 6일 자정
무렵 우주로 돌아갔다. 보이지 않는 궤도 위
에서 우리는 영영 계속될 것이다. 없는 우주
를 바라보고 없는 우주를 만지고 없는 우주
를 안고 없는 우주와 잠드는 일. 눈물로 짠
스웨터와 같이. 잊지 않겠다는 뜻입니다. 사
랑한다는 뜻이지.

영원

   너의 뼛가루를 먹지 않고 땅에다 묻었다. 나무가 입을 벌렸다. 바람이 잎을 벌렸다. 내가 부르면 돌아보라고 죽음에도 이름을 붙였다. 우주 나무. 나는 너의 것. 너는 자연의 것.

자연의 것

옷을 입은 고양이 같다고나 할까요. 나다운 건 무언가. 혼
자서는 알 수 없고 거리에선 고장이 납니다만. 어차피 벗어
날 수 없는 희비극 속에서,

사람도 많았고 음식도 많았는데요. 오랜만에 만난 그녀가
말했어요. 난 비건이야. 비ㄱ니야? 하마터면 그럴 뻔했어요.
그녀가 웃는 게 좋으니까요. 딱히 고기를 먹고 싶었던 건 아
닙니다만. 신경이 쓰일까봐 선수 친 건데요. 그런 게 배려는
아닐 텐데요. 사실 난 서른 전에는 풀만 먹던 사람인데요. 입
과 마음이 한 몸이라 굶기도 잘하는데요. 싫은 건 끼니도 기
도도 키스도 입에 대지도 않는데도요.

카멜레온의 보호색은 자체 변색이 아니다. 환경에 따라
우리의 눈을 속이는 거다. 홍색소포라는 피부 반사판을 통
해 특정한 색만 반사시켜 보여주는 것. 생존과 의사소통을
위하여! 360도로 눈알을 굴리면서
　명절날엔 담배를 참아요. 오빠들은 담배를 끊었대요.
　위하여! 서른살에 시작했던 건 육식이 아니라 회식이었습
니다만.

맞아요, A형입니다. 속을 알 수 없는 인프제고요. 게다가 시를 씁니다. 부끄럼이 많아요. 혀도 길어요. 혀 밑에 숨어요. 막말을 하고 나면 땅을 쳐요.

물 흐르듯이 쓴다는 건 무언가. 기승전결. 자연스럽게 꾸미려고 자꾸 손을 대요.

그날은 반가운 친구도 만났는데요. 20세기에 등단한 시인 말이죠. 20세기 20세기 그러길래 나는 21세기 시인이라고 선을 그었어요. 6개월만 반올림하면 맞거든? 하마터면 그럴 뻔했어요. 웃기지도 않을 텐데요. 딱하지도 않을 텐데요. 20세기에 죽은 나는 아무도 모르는데도요.

사마귀가 사마귀 등에 올라탄다. 사마귀는 살고 싶지만 하고 싶다. 주저하는 수컷의 머리를 지켜보던 암컷이 먹어치운다. 머리가 사라진 사마귀는 몸만 남아 더 열심히 한다. 더 많은 탄생이 있을 것이다.
머리를 떼어놓고
혼자서 핥는 뒤통수처럼

나는 21세기에 살아남아서 고기도 먹고 거짓말도 해요.
디저트로 20세기도 씹어요. 이십세기는 일본산 배의 품종
이름. 엷은 초록색이며 9월 중순에 익는다.

지구의 밤도 익이가고
멀리서 반짝이는 화성도 익어가고
호모사피엔스의 고독도 무르익어 꿈에 그리던 이상형을
만난다.
회색 피부의 로봇들이 내 머리 꼭대기에 앉아 귓속말을
한다. 없애버릴까?
무표정한 아메카의 농담을 엿들으며

나는 늙은 나무처럼 누워
팔다리에 붙어 있는 고양이들을 나뭇잎처럼 어루만집
니다.
물 흐르듯이 산다는 건 무언가. 생로병사. 자연스럽게 사
라지려고 아침엔 요가를 해요.

고양이들을 먼저 보내려고 죽음을 미룹니다. 내 품에서 죽어라. 내가 낳았다는 듯이. 끝끼지 살아남아 마지막 나의 멸종을 지켜봅니다. 참으로 깁니다. 꿈을 꾸고 있다고 생각될 정도입니다.

꿈을 깨듯
알을 깨듯
사람의 껍데기를 터널처럼 통과하면 자연으로 돌아갈까요. 자연은 갖지 못한 내 딸의 이름. 언젠가 태어난다면 자연이라 부르고 싶었어요. 그날의 미래는 영원히 미래일까. 오늘은 자연을 낙태했다는 기분이 듭니다. 자연이 그리운 밤이에요.

눈꺼풀을 이불처럼 덮으면
내 앞에서 문장이 사라집니다. 문장에서 내가 사라지는 걸까요.

인생에서도 내가 사라지고 나면
몰입했던 배역에서 빠져나오지 못하는 배우처럼

현장을 떠도는 귀신이 될까요. 그러다 현장범처럼 덜미를
잡히고

유품정리사가 말합니다. 좋은 데 가서 편히 쉬시기를 바
랍니다. 오늘 마지막 이사를 도와드릴게요. (일제히 묵념.)

지옥에서 사랑하는 일
A History of Infernal Angels

전승민

1. 들으려면 눈을 감으세요

시를 시이게 하는 가장 본질적인 요소가 무엇이냐 묻는
다면 그것은 단연 '목소리'다. 이때의 목소리란 과연 무엇을
말하는가? 종이에 잉크로 인쇄되는 형식으로 인해 시가 내
보이는 감각은 그 종류를 불문하고 시각적인 정보로 먼저
입력된다. 활자로 형상화된 목소리는 독자의 인지 공간 내
부로 들어서면서 청각적인 심상으로 현상된다. 즉, 글을 읽
으면서 독자가 자신의 청각이나 촉각으로 생생하게 느끼는
대목이 있다고 하더라도 그것은 언제나 '이미지'의 시각적
인 차원을 통과한 후에 도착하는 심층의 차원에서 가능하
다. 텍스트는 그것의 전통적인 형질상 '시각'이라는 절대자
를 넘어서기 어려운 운명 안에서 태어난다.

그러나 이것은 어디까지나 시와 그것의 목소리를 '읽는' 일이다. 시의 목소리를 '듣는' 일은 이 절대자를 넘어서는 접속의 행위다. 이것은 시각을 동반하지 않는다. 독자의 내면으로 곧장 침투하여 재생 버튼을 누르고 소리도 시각도 아닌 그 무엇으로 '듣게' 한다. 시를 읽는 능력은 타고나야 한다거나 자신에게는 본래부터 시를 감지하는 능력이 없다는 등의 반응은 이 '목소리'를 듣지 못하는 차원에서 발생한다. 말하자면 시의 목소리를 듣는 일은 소리가 아닌 것을 듣는 일이며, 어쩌면 2차원의 평면과 3차원의 입체 그 어디에서도 불가능한 일처럼 여겨진다. 그렇다면 검은 활자와 하얀 바탕의 엇갈림 속에서 우리는 무엇을, 어떻게 들어야 한다는 말인가? 시의 세계에서 '목소리'가 다시 정의되었듯 '듣는' 일 또한 재정의되어야 할 테다. 정정하자. 시의 목소리는 듣는 일이 아니라 시와 '나'를 하나로 연결하는 일이다. 독자가 화자의 내면을 자신의 내면 위에 포개어서 겹겹의 중층 구조를 짓고 그 사이사이를 오가며 반향되는 무음의 음성을 따라가는 일이다. 한권의 시집을 읽을 때 지속되는 그러한 과정 안에서 화자의 내면은 독자의 그것과 경계가 불분명해지고 모호해져서 결국에는 식별이 불가능한 국면에 이른다. 화자가 발설한 단어들 사이에서 그가 말하지 않았지만 진실임이 분명한 무언가를 감각(보거나 헤아리는 것이 아니다)한다. 접속의 절정은 동기화다.

나의 설명이 여전히 멀게만 느껴진다면 빙의라는 단어를

떠올려보자. 시를 읽는 일은 시적 화자라는 타자의 삶, 그리고 그의 과거와 현재, 미래까지도 모두 독자 '나'의 몸으로 살아내는 일이다. 이민하는 이 모든 과정의 총체를 **경청**이라는 단어로 집약한다. 독자가 시 속에서 마주하는 대상이 관념인지, 사물인지, 풍경인지, 소리인지 하는 물질성의 차원은 중요하지 않다. 현실에서 우리의 감각과 인지 구조를 총괄하던 입력과 출력의 축차적인 방식은 시를 '경청'하는 일 속에서 완벽하게 해체된다. 흔히 우리가 비문이라고 말하는 것이 유독 시에서 자유롭게 생성되는 것은 이 때문이다. 시는 말이 되지 않는 것들 속에서 말이 미처 담아내지 못한 비정형의 차원을 길어 올리고 말이 아닌 것처럼 보이는 것들 속에서 말을 초과하는 너머의 '무엇'을 그려쥔다. 그러니 "절뚝거리는 목소리가 귀를 두드렸다"(「우울과 경청」)라는 문장이 시에서는 얼마든지 가능하며, 시간과 계절 같은 추상의 개념이 친숙한 사물로 정의되는 것 또한 이상하지 않다("여름은 골목 끝 식당 이름/여름은 죽은 여자가 품고 다니던 사진 속 강아지 이름/여름은 아이들이 부르는 길고 긴 돌림노래", 「여름의 끝」).*

* 실제로 화자가 본 식당과 강아지의 이름이 '여름'일 수도 있겠으나 "길고 긴 돌림노래"라는 시구를 통해 우리는 '여름'이 단지 문자 그대로의 고유명사만은 아님을 예감하게 된다. 그렇다면 'A는 B다'라는 은유의 문형을 고려할 때 '여름'은 마치 '돌림노래'처럼 순환한다는 것을 빗대어 표현한 것일까? 뒤에서 이민하

이민하의 화자는 다름 아닌 이 목소리의 듣기, 무수한 빙의를 행해온 한명의 독자이며, 그가 이 시집에 기록한 것은 그가 '듣고' '살아낸' 일련의 시간이다. 『우울과 경청』을 읽으면서 당신은 화자로서의 '나'와 독자로서의 '나'가 여러 차례 교란되고 중첩되는 어지러운 국면을 경험할 것이다. 이와 더불어 당신이 여태 축적해온 시 읽기에 관한 개념이나 지식은 어쩌면 단번에 무너질 수도 있을 것이며 백지 위에서 다시 새롭게 작성될 것이다. 미리 말해두건대, '경청'이 우리가 알고 있는 '듣기'가 아니었던 것처럼 '우울' 역시 우리가 아는 그것이 아니다. 의미의 세계뿐만 아니라 형식의 세계 또한 다시 세워진다. 가령, 이민하의 '말놀이'는 언어유희나 승화의 도구가 아니며 그가 사용하는 은유의 방법론은 통상의 그것과 거꾸로다. 시를 '읽는' 것이 아니라 '경청'할 때 우리는 시를 파악하고 이해하는 보편적인 이론이 있는 것이 아니라 다만 개별 시편과 각 화자의 목소리를 제대로 '듣는' 일 외에는 다른 방도가 없음을 깨닫는다. 우리

의 은유에 관해 설명하겠지만 시인은 보조관념을 원관념을 지탱하거나 강화하기 위한 수단으로 사용하지 않는다. 이민하의 보조관념은 원관념과 (최소한) 대등한 지위를 가지므로 화자는 시 속에서 실제로 '여름'을 '돌림노래'로서 감각하고 있다고 보아야 한다. 이민하의 세계에서 대상의 즉물성은 최대한으로 존중되며, 그가 보여주는 기이하거나 모순된 감각들의 구체는 추상적인 해석소로 환원시키지 않으면서 고유하게 파악되어야 한다.

는 감각을 통해서 시와 접속한다. 마치 투명한 유령처럼 시는 우리의 몸과 정신으로 틈입하여 내면을 지배한다. (독자를 지배하지 않는 시는 아직 '시'로서 현현한 것이 아니다.) 시로부터 빠져나오는 일은 시의 영혼으로부터 벗어나는 일이며, 그것은 우리가 의지적으로 선택할 수 있는 일이라기보다 시가 우리를 기꺼이 놓아주는 일에 가깝다.

『우울과 경청』의 화자는 이 모든 과정을 우리보다 먼저 경험하고 들려주는 사람이다.

여름의 일과

여름의 일을 저지른 사람들과 여름의 일을 저지른 사람들을 목격한 사람들과 여름의 일을 저지른 사람들을 목격한 사람들을 기록하는 사람들과

그런 사람들을 따라다니는 내가 남았습니다

—「여름의 끝」부분

2. 천사는 지옥에서 살아갑니다

목소리는 어둠 속에서 들려온다. 어둠은 즉자적이다. 이 것은 화자가 자처하거나 욕망한 것이 아니라는 점에서 그가 살아가는 자연의 기본값이다. 보통의 사람들이 다가올 아침을 기다리며 새로운 시작을 기대하듯 화자는 밤의 귀환을

기다린다("그림자들이 빛을 잃고 묽어질 때까지/백지 같은
어둠이 돌아올 때까지/물감을 섞으며 색을 골랐다", 「밤과
시」). 이민하의 시 세계로 입장하기 위해서 짚어야 할 첫번
째 단초는 그가 아침처럼 마주하는 '밤'이다. 우선, 그에게
밤은 시작하는 시간이다.

어떤 밤은 그렇게 시작되었다
숲속을 달리는 아이들과 반짝이는 꽃과 열매
명랑한 토요일의 구름과 함께

해가 지도록 아이들이 뛰어다닌 건
숲이 아니라
숲속에 깃든 무엇

불현듯 흙빛이 되어가는 나뭇잎들과
창백한 달
낯선 어둠이 다가왔다
어둠이 커질수록 야위어가는 공기 속에서

한 아이가 손을 놓치고
열명의 아이가 울음을 터뜨리고
백명의 아이가 발을 구르고

어둠은 제 모습을 숨기지 않고
그러나 무서운 건 어둠이 아니라
어둠 속에 깃든 무엇

—「무엇」 부분

「무엇」은 시의 목소리가 문자에 가닿으려 할 때 발생하는
점근선을 보여준다. 숲을 내달리는 아이들이 뛰어다닌 '것'
은 숲 자체가 아니라 시공간에 침윤된 나무와 풀, 흙의 향기,
서로의 발소리와 존재감 그 모두를 포함한 '무엇'이다. 우리
는 '무엇'을 떠올리고 느껴보려 시도하지만 그것을 문자로
정확하게 기입하는 것이 불가능하다는 사실만을 발견한다.
'무엇'은 화자와 독자의 추체험이 상호 교차하는 하나의 매
질(medium)이다. '무엇'은 모든 것을 포함할 수 있지만 실
제로는 아무것도 포함하지 않는 순수 기표다. 특정한 기의
와의 연루를 벗어날 때만 시가 말하고자 하는 그 '무엇'을
전달하게 되는 역설은 화자가 말하고자 하는 '무엇'이 단지
관념이나 물질적 대상에 국한하는 것이 아니라 그것과 함
께 살아가는 존재자와 그들의 행위, 마음, 감정까지 총괄함
을 알려준다. 그리고 이것들은 우리가 짐작할 수 없는 얽힘
속에서 상호작용한다. '무엇'의 기표가 만드는 경계는 그 사
실까지도 포함한다. 즉, '무엇'을 보거나 듣고 만지기 위해
서는 '무엇'이라는 단어가 아니라 그것을 말하는 자의 목소
리에 귀 기울여야 한다는 점에서 「무엇」은 문자 예술로서의

시가 지닌 태생적인 불가능성과 그로 인한 역설적인 재창조의 가능성을 보여준다. 이는 독자의 귀가 발굴한 것이다. 시의 목소리는 독자의 '듣는' 귀로부터 태어난다. '귀'는 앞서 말한 그 모든 감각과 세계, '무엇'을 받아들인다. 이민하의 '귀'는 누군가의 영혼이 말하는 소리에 노출되면서 주체를 청자에서 독자로 변화시킨다. 그의 세번째 '귀'는 그로 하여금 들은 것을 시의 형태로 써내게 하고, 그리하여 화자는 시적 주체인 '나'가 된다.

제3의 귀를 가진 화자의 존재론적 정체성은 다름 아닌 천사다. ('귀'에 관해서는 조금 뒤에 나저 이야기하도록 하자.) 앞서 말했듯, 화자의 세계에서는 기성의 현실이 구성하는 모든 익숙한 것들이 재정의되므로 이 천사는 우리가 짐작하는 모든 특성을 배반한다. 지옥에서 온 천사인 그는 우리가 탐색하고 있는 이 "밤의 원주민"이다. 원주민이라는 말에서 알수 있듯 천사는 단독 개체가 아니다. 천사의 유전 형질은 모계 혈통을 통해 대대로 전해지며 혈족을 이룬다. '어머니' 천사들이 '새끼'들을 길러내는 장면을 보여주는 「밤의 원주민」은 어린 천사의 성장이 극심한 고통 속에서 이루어짐을 보여준다. 할머니와 엄마로부터 이어져 온 천사 이야기*는

* 이때의 '이야기'는 소설처럼 허구의 상상력으로 지어진 서사체를 지시하는 것이 아니라 아이가 성장 과정에서 반복해서 들으며 체화하고 내면화하게 되는 주술적 효과를 지닌 발화효과행위의 총체를 뜻한다. 자주 발견되는 것은 아니지만 시집 안에서 믿

'나'를 "새끼 천사"로 만들고, 어린 천사는 자신이 선택하지 않은 운명의 굴레(karma)에 괴로워한다. 그 고통은 다름 아닌 다른 누군가의 죽음과 죽은 몸을 잘라 '나'의 몸 구석구석에 옮겨 심는 데에서 비롯한다. 예컨대, 어른 천사가 '물'을 주며 어린 천사의 눈동자에 돋아난 "붉은 실뿌리"를 키워내는 것은 그의 몸을 죽음이 보관되는 장소로 만들기 위함이다. 천사는 죽은 자들의 몸을 매만지고 정리하는 자다. 그래서 '지옥에서 온 천사'라는 말은 곧 지옥에서 살아가는 천사라는 뜻이다.

눈을 비비면 희미하게 눈물이 났다
잃어버린 날개의 티끌 하나가 눈 속에 박혀 있기 때문인데
흰자위에 붉은 실뿌리가 돋아나고

그러면 천사가 땅에 닿을락 말락 땅거미를 끌면서 물을 주러 왔지
눈에서 잎사귀가 피어나면

음에 관한 대목이 간혹 강렬하게 눈에 띄는 것은 이 때문이다. 이민하의 시 세계에서 화자는 보편적 이성과 논리의 합리성보다 개별적인 감각과 정동 그리고 믿음을 생의 동력으로 삼는다. 이야기가 하나의 믿음 체계(mythos)로 작동할 때 그 믿음은 존재자를 포함한 세계 전체를 변화시킨다.

어른이 되는 거란다 몸의 계절이 시작되는 거지
이건 비가 오는 밤 내가 지어낸 천사 이야기

무서워서 우는 아이들을 불러 모으며
나는 어른이 되었고

눈앞이 순간순간 까매졌다
천사가 내 머리를 통째로 머금었기 때문인데
턱을 찢어지게 벌리고
입에 넣은 머리통들을 살살 굴리며 유리구슬처럼 바꾸
는 순간이다

—「밤의 원주민」 부분

『우울과 경청』이 발휘하는 전복적인 시학 중 하나는 은유
의 통상적인 역학을 비트는 것이다. 은유는 전통적으로 두
대상 간의 유사성을 매개로 이어지나 이민하의 은유는 대상
의 특징이라는 차원에서 객관적 유사성을 담보하지 않는다.
그의 은유는 대상 자체의 본질이 아니라 대상이 세계 내에
위치하는 맥락의 유사성에 크게 기대고 있다. 그리하여 원
관념의 의미를 강조하기 위해 빗대어지는 보조관념의 비천
한 지위를 원관념보다 우월한(최소 대등한) 것으로 올려두
고, 반복 출현하는 몇몇 시어는 마치 기표와 기의의 관계처
럼 보조관념과 원관념을 끈끈하게 결합시킨다. 그중에서도

나무는 시집 전반에 걸쳐 여러번 반복되는 매장을 은유한다. 숲이나 나무의 식물성과 연관된 단어는 죽음과 애도의 절차를 함축한다. 가령,「사랑의 역사」에서 숲의 주인이 되는 '아이'는 묘지기이고("묻는 솜씨가 일품이어서 아이를 찾는 사람들이 있었다/밤의 구덩이를 파고 또 파고"),「언니의 숲」은 언니가 '나'와 생의 이편으로 떠난 후임을 암시한다. "그 모를 뒷산에 뿌리 깊이 심으며"(「우리가 시인이었을 때」)라는 말이나「영원」에 실린 나무 사진은 모두 죽음과 연루된다.

그렇다면 앞서 읽은 시「무엇」에서 아이들이 가로지르던 숲 또한 죽음으로 점철된 공간일 테다. "숲속에 깃든 무엇"과 "어둠 속에 깃든 무엇"이 '무엇'으로만 겨우 작성되는 이유는 '무엇'이 죽음을 배태하고 있는 탓이다. 시가 산 자의 입과 손으로 쓰일 때 죽음은 어디까지나 미증유의 세계다. 삶 속에서 우리가 직접 경험할 수 있는 '죽음'의 최대치는 다른 이들의 죽음이다. 어린 천사는 그것을 자양분으로 삼아 어른이 되고 "몸의 계절"이 흐르는 시간 속으로 진입한다. 눈동자에서 죽음의 "붉은 실뿌리"가 돋아나고 눈에서 "잎사귀가 피어나" 어른이 되는 것은 곧 천사가 자신의 몸으로 다른 누군가의 죽음을 체현한다는 뜻이다. 천사는 자라서 또다른 '어머니' 천사가 될 것이고 그녀는 또다시 다른 '새끼 천사'를 길러낼 것이다. 딸의 고통에 물을 주며 그녀의 몸에서 죽음이 돋아나 무성해지도록 하는 천사 일족은 분명 지옥에서 살아가는 이들이다. 이민하의 '밤'은 어린 천사가 바야흐로 어른 천사가 되는 시간("아이는 밤마다 더 자라서",「사랑의 역사」)이자 타인의 죽음을 '내' 몸의 일부로 옮겨 심는 시간이다.

사춘기가 끝나면 사라지는 성장통과 달리 이 고통은 성인이 되면서 본격적으로 시작되는 실존적인 통증이다. 그리고 그 통각은 타인의 죽음이 몸에서 돋아나는 과정과 함께 발생한다.「지그소」가 행하는 신체 절단은 천사 '아이'가 자라는 밤의 시간을 재현한 하나의 사례다. 아이의 성장은 어머니의 죽음을 필연으로 삼는다. 이 시는 자기보다 먼저 나무가 된 어머니 천사를 묻는 '아이'의 이야기다.

(1)
나무가 된 엄마를 반으로 잘랐다
상반신은 거울 속에 하반신은 꿈속에 두었다
꿈속에서 엄마는 아기를 낳았다
거울 속의 엄마는 내 몸을 열고 아기를 넣었다
(…)
거울 속의 엄마도 잘게 쪼갰다
청소기 옆에도 두고 세탁기 옆에도 두고 신발 속에도 엄마를 넣었다
(…)
나는 배가 터질 것 같아 아기를 꺼냈다
배가 너무 꺼져서 엄마를 다시 뭉쳐 몸에다 넣었다

아이는 쑥쑥 자라 화단을 가꾸었다
나는 구석에 서서 지켜보았다
슬며시 자리를 잡고 뿌리를 박았다
불볕 아래 등골이 휘어 잠이 들었다

(2)
아이는 나를 썰기 시작했다
붉은 꽃이 방울방울 스며 나오고
팔다리가 툭툭 떨어졌다
머리끄덩이 속에서 죽은 새들이 가볍게 튀었다
말라빠진 근육들도 토막이 났다
아이는 나무관 안에 빠짐없이 주워 담았다
비가 오는 날이면 집 안 가득 나를 쏟았다

—「지그소」 부분

　엄마의 신체는 아이에 의해 끊임없이 잘려 나가며 즉물적
인 공포를 유발하지만 실상 그보다 더욱 무서운 것은 목소
리의 분화다. (1)은 시의 전반부로 엄마의 몸을 톱질하는 아
이의 목소리를, (2)는 아이에 의해 썰리고 있는 엄마의 목소
리를 담는다. 이 시는 두 가지 가능 세계로 접근할 수 있는데
하나는 (1)과 (2)의 '아이'와 '엄마'가 동일한 경우, 다른 하
나는 (2)의 '엄마'가 (1)의 '아이'와 동일인인 경우다. 첫번
째 경우에 시는 신체 절단의 그로테스크함과 한번의 매장을

장면화하는 것에 그치지만, 두번째 경우로 읽을 경우 시는 세대를 거듭하며 반복되는 '아이'의 성장과 '엄마'의 죽음을 보여주게 된다. 이때 중요한 것은 신체를 조각내는 행위 자체가 아니라 그 조각들은 '나'의 몸에 옮겨 심어지기 위해 파편화되었으며, 이를 통해서만 '아이'가 자랄 수 있다는 무서운 진실이다.

「지그소」에서 토막 난 신체 부위들을 인간 보편의 성장을 은유하는 현실의 보조관념들로만 이해하는 것은 시를 단지 시각 정보들의 구현으로만 '읽는' 일이다. 반면, 시의 목소리에 귀 기울일 수 있다면 두 화자가 경험히는 통각은 날것 그대로 우리의 내면으로 이식될 테고, 따라서 독자는 '죽음'이나 '애도'와 같은 추상적인 원관념의 세계로부터 해방될 수 있다. 예컨대 (2)에서 아이가 엄마인 '나'를 그냥 '관'이 아니라 '나무관'에 담는다고 말하는 부분은 통상적인 '나무로 만들어진 관'이 아니라 '나무 자체가 관'이라는 은유를 발휘하는 것에 가깝다. '나무'는 다름 아닌 천사가 맞이하는 존재론적 최후의 형태이기도 하므로 아이가 성장하여 엄마가 되고, 그녀가 그녀의 어머니에게 그러했듯 아이가 그녀를 다시 매장하는 일은 세계의 고유한 순환론적 이행의 한 장면이 된다.* "작은창자가 짖어대면 쪼그리고 옆에 앉아 뱃

* 수록된 다른 시 「제너레이션」 또한 두개의 서로 다른 목소리, '나'와 '너'(또는 '엄마'와 '아이')가 번갈아 발화하는 시로 읽을 수 있다. 제목을 번역하면 '세대'를 의미하지만 '발생'이라는 뜻

168

가죽을 쓰다듬으며"(「살과 뼈」)와 같은 표현이라든가 "나는 시 속에 혼자 앉아 목이 잘린 닭처럼 두리번거려요"(「꿈속에 혼자」)와 같은 발화 역시 같은 맥락이다.

　시의 표면에서 경험되는 그로테스크와 그로 인한 공포는 결과적으로 악으로 발전하지 않는다. 오히려 이러한 그로테스크는 삶 자체의 자연을 드러낸다는 점에서 극한의 선을 지향한다. 가령, "잠이 들 때 미운 사람은 아무도 없었다"(「밤의 원주민」)는 다정한 읊조림은 언뜻 시의 잔인한 묘사 탓에 이해되기 어려울 수 있지만, 이는 "손발을 맞추고 이목구비를 맞추고/의인화된 내가 완성되고 나면"(「지그소」) 종국에는 웃게 된다는 말의 연장이라는 점에서 자연스럽다. '나'를 미워하거나 해하려 했던 누구, 또는 '내'가 싫어한 그 누구라도 결국 '나'의 몸의 일부로 구성된다는 것, 그리고 아이는 다른 누구가 아닌 자신의 몸을 통해 죽음을 배우고 성장한다는 것을 깨달을 때, 고통 속에 있던 천사는 지르던 비명을 멈추고 희미한 웃음을 느리게 지어 보인다. 그러므로 천사에게 죽음과 그로 인한 고통은 악덕이 아니다.

　을 가지기도 한다. 특히, 「지그소」가 함축한 '엄마'와 '아이'의 맥락과 연결해서 읽으면 제목 '제너레이션'(generation)은 한편으로 'germination'('씨앗의 발아' 또는 '성장')으로 읽히기도 한다.

3. 비관적인 유희는 뒷면에 붙어 있고요

물론, 죽음이 물리쳐야 할 악이 아니라고 해서 그것이 두려움과 공포를 수반하지 않는 것은 아니다. 각 부가 '제1계절'부터 '제5계절'로 이어지는 이 세계에는 계절을 불문하고 사시사철 눈이 내린다. 타인의 죽음을 경험하는 모든 장소에 내리는 눈은 죽음의 생장을 암시하는 '미기후'의 양상이다.* 겨울은 화자가 경험하는 자신의 작은 세계 안에서만 유효하다. 가령, 교실에서라든가** 또는 이태원의 한 골목 안에서*** 말이다. 고통받는 천사의 눈에만 보이는 눈[雪]은 그를 외로운 "곡비"(「우리가 시인이었을 때」)로 만든다. 어긋나는 뼈마디와 "고무줄처럼 허우적거리는 팔" "물이 새는 눈알"(「살과 뼈」) 따위가 그를 고통스럽게 하는 것이 아니다. 그를 실로 두렵게 하는 것은 이 죽음과 공포가 오직 단 한 사람, 자신에게만 감각된다는 사실, 다시 말해 자신을 제외한

* '미기후'는 시인의 다섯번째 시집(『미기후』, 문학과지성사 2021) 제목으로, 지표면과 가까운 좁은 범위에서 관측되는 국소적인 지역(대개 지상 1.5미터 사이)의 기후를 뜻한다. 여러 가지 요인이 있지만 대표적으로 열의 흡수와 방출 작용에 의해 만들어진다.
** "분필 가루가 뿌옇게 나부끼더니 흰 꽃잎들이 하염없이 떨어졌다/(…)/흰 꽃잎들은 비가 되었다가 눈이 되었다가"(「내가 죽었던 의자」).
*** 시 「9201」의 제목을 거꾸로 읽어보면 '1029'가 되는데, 이는 2022년 이태원 참사가 발생한 날짜와 같다.

모두가 사라질 운명이라는 예감에서 기인한다.

　그가 마주하는 '진짜' 공포는 타자들의 죽음 속에서 **홀로** 남겨지는 최후의 존재가 될 때 나타난다. 그가 두려운 것은 죽음 자체도, 그로부터 출몰하는 유령이나 귀신도 아니라 절대적인 홀로됨의 상태에 놓이는 상황이다.

　헐어버린 과녁처럼 머리를 부르르 떨었는데
　당신은 다음 질문을 했다

　내가 만약 귀신이라면
　마주 보는 게 무섭겠니, 뒤에 서 있는 게 더 무섭겠니?

　옷장 속에 숨어 있던 나는 백까지 세고 나서 문을 열었다
　귀신마저 사라질까봐 더 겁이 나서
　찢어진 마음을 꿰매고 라켓처럼 폈다

　당신은 일어섰다
　나의 대답은 아직 공중에 떠 있는데

　다음 사람이 왔다
　깃털 달린 공 대신 돌멩이를 쥐고

　　　　　　　　　　　　　　　　　　　　—「공감각」 부분

'나'는 시집의 출발부터 마무리까지 내내 사람들의 **뒷모습**을 본다. 그러나 그의 뒤를 지켜주는 타자는 어디에도 없다. "나도 뒤를 돌아보고 싶지만 아무도 없어서"(「내가 죽었던 의자」) 내내 술래 역할을 도맡고, 이토록 철저한 고립 아닌 고립은 화자와 사람들 사이를 삶과 죽음의 경계만큼이나 멀찍이 떨어뜨린다. 가령, 귀신이 나타나는 것보다 귀신마저 사라지는 것이 두렵다. 그가 없어지지 않길 바라며 '나'는 마음을 다잡고 옷장 밖으로 나오지만 그는 자리를 뜬다. 다행인지 불행인지 "다음 사람"이 나타나는데 '나'와 라켓을 휘두르며 공을 주고받던 귀신과 달리 그다음 등장한 그는 "공 대신 돌멩이를 쥐고" 있다. 시는 이렇게 끝나지만 쓰이지 않은 여백에서 우리는 '나'가 느낄 더 큰 두려움과 긴장감을 함께 느끼게 된다. 세계는 화자에게 지나치게 가혹하다. 그는 이 모든 사태에 대하여 아무런 책임이 없다. 사라진 귀신도 저 혼자 등장했고("깃털 달린 공 하나가 갑자기 날아들었다"), 돌멩이를 든 자도 홀연히 나타났을 뿐이다. 그러나 그 타자들의 출현과 사라짐이 자아내는 실존의 무게와 책임, 그로 인한 두려움은 오롯이 화자만의 몫이다.

원한이나 분노, 한탄, 억울함 등으로 마음이 사무칠 법도 한데 화자는 천연덕스러워 보이기까지 한다. 그가 언뜻 무감한 것처럼 보이는 이유는 그가 시종일관 시 속에서 **말놀이**를 구사하고 있기 때문이다. 통상적으로 말놀이는 발음이나 형태, 의미 등의 유사성과 차이를 기준으로 삼아 이어지는 서로 다른 단어들의 조합으로 행해지며, 독자에게 재미를 선사하고 텍스트가 내포하는 의미를 강조하는 효과를 낳는다. '언어유희'라고도 불리는 말놀이는 의미와 형태의 신박한 연결 속에서 독자의 감정을 자극하고 기표가 고무시킨 독자의 파토스는 텍스트 내부에서 발생하는 해석의 과정에 꼼짝없이 붙들린다. 이때, 기의와 의미의 영역을 관장하는 로고스는 독자의 내면에서 하나의 사건처럼 순간적으로 솟아오른다. 그래서 로고스에 막강한 힘을 부여하는 말놀이의 파토스는 대개 '유희'적일 수 있는 차원으로 정향되어 있다. 그러나 이민하의 말놀이는 그와 반대 방향으로 진행한다. 시에서 이것이 말놀이임을 알아차리는 순간, 유희의 가능성은 이내 비극의 심연으로 곤두박질치고 독자는 까마득히 아연해진다.

수록된 시편들 중 가장 가슴 아픈 말놀이를 구사하는 것은 「북의 기원」이다. 시의 목소리는 '나는 ☐이다'라는 문형의 반복을 통해 스스로를 '북'에 빗대고 있으나 은유의 구조에 머무르지 않고 '나'를 정의하는 행위로 나아간다. 여러 종류의 '북'을 오가며 '나'를 설명하는 화자는 '뒷북'이라는 말에 이르러 본격적으로 웃음을 격추시킨다. '뒷북'은 실상 "귀신이 치는 북"임이 밝혀지기 때문이다.

시선을 바닥으로 떨구면 노랑나비 머리핀, 비에 젖은 연필, 미아처럼 헤매는 창백한 알약들. 누군가 흘리고 간

것들을 줍고 있어요. 늙기도 전에 허리가 굽었습니다. 죽기도 전에 엎드릴 줄도 압니다. 이것이 나의 노동입니다. 버려진 나도 주워요. 나는 늘 뒷북이에요.

　　　　　　　　　　　　　　　　　　박자가 어긋나도 고개를 기우뚱거리며 따라가요. 당신이 웃어주니까요. 웃으면 복이 온다는 말, 알아요? 모르면 어때요. (…) 해저 터널을 뚫을 거예요. 탈옥수처럼 잠도 안 자고 구멍을 팔 거예요. 이것이 나의 천직입니다. 성공한다면 해골이 될지도 몰라요. 나는 귀신이 치는 북이에요.

　　　　　　　　　　　　　　　—「북의 기원」 부분(강조는 인용자)

　'뒷북치다'의 사전적 의미는 '뒤늦게 쓸데없이 수선을 떠는 것'이며, 사라진 누군가들이 길 위에 흘린 물건들을 줍는 시 속의 '나'와 호응한다. 그러나 '뒷북'이 텅 빈 교실에서 술래와 당번을 홀로 도맡아야 했던 어린 '나'의 모습과* 겹쳐지면서 "버려진 나"도 줍는다는 그의 목소리는 심상치 않게

---

* 두편의 시 「내가 죽었던 의자」와 「내가 살았던 의자」는 교실에서 혼자 '술래'와 '당번'을 맡게 된 어린 '나'의 내면을 그린다. 제목이 지시하는 바와 같이 각각 죽음과 삶의 차원에서 '나'가 처하는 문제 상황을 들려준다. 죽음의 차원에서 그것은 모두가 떠날 때 함께 떠나지 못하고 그들의 뒷모습을 최후로 지키는 이가 되고 마는 일이고, 삶의 차원에서 그것은 화자가 품은 그 어떤 욕망도 성취하지 못한 채 그에게 맡겨진 일(당번)만을 해내야 하는 처지를 의미한다.

들린다. '내'가 '나'를 손으로 주우려면 '나'는 '내'가 접근할 수 있는 하나의 대상이어야 한다. 물론 우리가 주체이기도 하면서 한편으로 대상인 것은 자연스러운 사실이지만 그것은 서로 다른 맥락과 상황 속에서 그러하다. 그러나 주체가 곧 대상이며 대상이 곧 주체인 모순의 동시적인 공존은 화자가 처한 하나의 상황 안에서 발생한다. 요컨대 '나'가 주체일 때 '나'는 대상이며, '나'가 대상일 때 '나'는 주체라는 말이다. 마치 샴쌍둥이처럼 붙어 있는 '나'의 모습은 두개의 접붙은 몸들이 만드는 하나의 모습과도 같다. 둘이 되면 하나가 되는 모순은 곧 함께일 때 홀로가 되는 모순이다. 이는 어떻게 가능한가? "나는 나의 뒷모습"이기 때문이다.

나는 나의 오른쪽이다
그러니까 나는 나의 왼쪽에 있다
고개를 숙이면 발끝만 보인다
나는 나의 양다리 그러니까 나는 삼각관계
나는 내 목 위에 올라타 있다
때로는 문어발이다 나는 나의 모집책
우리는 떨어져 있다 떼려야 뗄 수도 없을 만큼
나는 나의 혹이다

(…)

나의 오른쪽이 입을 열면 왼쪽이 침묵한다

우리 사이엔 비밀이 많다

절반의 멤버는 목소리가 없다

죽은 척과 죽지 않은 척 사이에서

그러나 나는 모두 기립해 있고

그러나 나는 혼자 기립해 있다

(…)

등 뒤에서 울려 퍼지는 귓속말과 헛기침 소리

빈틈없이 착석하는 그림자들과 함께

우리는 개최된다 어두운 객석을 향해 있다

고개를 숙이고 마음을 다하여

나는 나의 **뒷모습**이다

—「홀로(holo)」 부분(강조는 인용자))

   오른쪽이자 왼쪽이며 등 뒤에도 존재하는 '나'는 적어
도 '나'의 몸을 둘러싸고 최소 세개 이상의 방향에 존재한
다. 요컨대 '나'는 '나'의 몸을 둘러싸고 편재한다. "떼려야
뗄 수도 없을 만큼" "떨어져 있다"는 모순적인 표현은 흡사
'혹'처럼 몸통과 분리되어 있으면서도 결합 상태를 유지하
며 상호 부착된 '나'들의 모습을 형상화한다. (이민하의 보
조관념들이 원관념과 유착에 가까운 상태로 관계 맺는 양
상 또한 이와 유사하다.) 그렇다면 앞서 '엄마'의 몸을 분리

하고 절단하던 '아이'는 본디 인간의 신체란 절제되기를 기다리고 있는 무수한 혹으로 구성된 것들이라 여겨왔으리라. 화자는 자신의 몸에서 기원한 것이지만 자생적인 유기체적 생명력으로 존재하는 이 혹들로 인해 무대 위에 있으면서 동시에 '객석'의 관객이 되는 양자적인 존재 양식을 얻는다. 이러한 모순이 '뒷북'을 '귀신의 북'으로 만들고 화자가 '뒷북'을 치듯 말을 건네는 '당신'은 혹처럼 '내' 몸에 붙어 있는 '나'의 뒷모습임이 드러난다. 아래에서 이탤릭체로 기울어진 말들은 '나'가 다른 '나'에게 고백하는 내밀한 마음으로, 이 시집에서 화자가 유일하게 자신의 욕망을 예각화하는 중요한 부분이다.

나는 목소리를 떨어요. 귀도 얇아요. 내가 모르는 노래는 당신이 다 불러주니까 내가 부르는 노래는 당신이 몰랐으면 좋겠어요. 무슨 노랜데? 너는 옆머리를 귀 뒤로 곱게 넘겨요. 코끼리처럼 귀를 쫙 펴고 펄럭거렸으면 좋겠어요. 콧김이 내 뺨에 훅 끼쳐서 나는 빨개졌으면 좋겠어요.

(…)

나는 목소리를 떨어요. 영혼도 얇아요. 내가 모르는 귀신은 당신이 다 보았으니까 내게 붙은 귀신은 당신이 몰랐으면 좋겠어요. 저건 뭐야! 서프라이즈 선물이라 해도

믿지 않았으면 좋겠어요. 너는 비명을 지르며 도망쳤으면
좋겠어요. 문턱에 걸려 넘어졌으면 좋겠어요.

─「북의 기원」 부분

뒷모습인 '당신'에게 품는 '나'의 욕망은 둘의 비대칭적인 권력관계를 암시한다. 앎의 차원에서 '당신'은 '나'의 전체를 부분집합으로 포괄하지만 '나'는 '당신'에 대하여 그럴 수 없다. '나'는 알지만 '당신'은 모르는 '나'와 세계가 존재할 수 있을까? 당신이 '나'를 지배하는 '저자'일 때 독자인 '나'는 언제나 '당신'보다 열등한 지위 속에 있다고 느낀다. (독자가 저자의 이야기에 공감할 때 독자는 저자가 자신의 내면을 간파한 것처럼 느끼고) 화자는 자신을 그저 "내 영혼의 그림자에 댓글을 다는 인생"(「이 터널 선샤인」)이라 회의하면서도 말놀이를 멈추지 않는다("그러나 나는 뒤끝 있는 영혼입니다만"). '뒷모습'이 '뒷북'이 되고 '뒤끝'이 되면서 웃을 수도 울 수도 없는 딜레마에 유착된 화자의 파토스는 비극의 어둠 속으로 흡수되며 너머로 사라진다.

이처럼 이민하의 말놀이는 상황의 전복이나 승화를 통한 해결이 아니라 오히려 현실의 문제를 은폐하는 듯한 제스처를 빌려 더욱 극적으로 문제 상황을 폭로하며 비극을 심화시킨다("은폐가 아니라 사수했습니다", 「우리가 시인이었을 때」). 고통을 시원으로 삼는 '유희'의 아이러니는 '나'의 지위가 '당신'을 초과하거나 최소한 대등해지고자 하는 욕망이 현실에서 실현될 수 없음을 담지한다. 가령, 「이 터널 선 샤인」은 화자가 경험한 수차례의 죽음조차 이 현실을 초월 하지 못하고("나는 다섯번 죽었는데요 다섯번 거듭났다는 뜻은 아닙니다/세번의 이혼이 세 사람과의 결혼을 뜻하는 건 아니듯이") '당신'이 저자로서 '나'를 지배하듯 죽음 역 시도 삶에 종속되어 '내' 곁에 놓여 있음을 드러낸다. '나'와 '죽음'은 제목의 중의적 의미인 '터널'(this tunnel)과 '영원' (eternal) 사이에서 무한히 저글링 되며 고난을 겪는다. 이는 일련의 시편에서 보았듯 다른 모두가 사라져도 '나'는 끝내 소멸할 수 없는 존재론적 한계를 의미한다. 그러므로 '나'가 죽어서 귀신이 된다는 건 현실의 욕망을 거두고 다른 '나'인 '당신'에게 결박당한다는 뜻이다. '나'는 '나'의 뒷모습, '당 신'의 꼼짝없는 포로다.

이별을 할 때 손을 먼저 내밀면
뒷모습에 자신 있다는 것일까 뒷모습을 견딜 수 없다는 것일까
손을 끝까지 감추어도 영원히 함께할 수는 없고

(…)

사람보다 귀신부터 된 나는 입만 살아서
시트콤은 계속된다

―「개구(開口)맨」 부분

귀신이 되어서도 말놀이로 계속 입을 여는(開口) '나'는 영원히 혼자인 자신의 처지를 '개그'(gag)의 형식을 빌려 형상화한다. 화자가 지옥에서 살아가는 천사였음을 잊지 않는다면 이민하의 말놀이는 세계의 딜레마를 견딜 수 있는 것으로 변환하는 하나의 방법론이다. 그에게 시는 생활의 양식이자 실존의 양태, 그리고 악에 대항하는 무기다. 이곳에서의 악덕은 죽음 그 자체가 아니라 진실을 강탈하는 행위다("누군가의 과거를 횡령한 사람이 소리쳤다/너 같은 건 널려 있어!",「이 터널 선샤인」). 다른 이들의 마지막을 최후까지 지켜보아야만 하는 '나'와 같은 이들이 도처에 있을 리 없다. 그렇다면 '나'는 홀로 술래나 당번을 도맡지 않아도 되었을 것이며 궁극적으로 시를 쓰지 않아도 괜찮았을 것이다. '나'를 지나쳐 사라진 무수한 뒷모습들을 기록하지 않아도 되었을 것이다.

가장 강력한 인력을 발휘하는 '당신'은 은유의 뒷모습, 원관념이기도 하다. '나'는 생활과 삶, 감각의 구체를 총동원하여 남몰래 위력을 과시하는 원관념에 맞선다. 비교 대상으로서의 비천한 자리를 박차고 원관념과 급진적으로 대등해지는 보조관념은 원관념의 몸에 유착된 여러 혹들, 본체의 생명력과 별개의 자생력으로 주체를 '나'이면서 '당신'이도록 하는 또다른 즉물적인 몸들이다. 이민하의 시가 그

180

간 '환상'과 '은유'로 읽히는 시도 속에서 번번이 기화되었던 것은 시인이 기표와 기의, 관념과 구체, 원관념과 보조관념, 그리고 삶과 죽음이라는 이원론을 사실상 일원론적 방법론으로 체현하기 때문이다. 말놀이를 비롯하여 인과의 도치나 이율배반이 상호 공존하는 모순, 그리고 다의성과 중의성의 충돌*은 그의 시기 기성의 통사론이나 의미론에 의해 '독해'되는 것이 아니라 귀 기울여 들어야만 겨우 들릴 법한 목소리로 작성되고 있음을 알려준다("문법 이전에 음악이다", 「홀로(holo)」).

4. 우주적인 믿음의 이름은 사랑입니다

제3의 귀는 시의 내면과 독자의 내면이 같은 위상으로 포개어질 때 비로소 열린다. 활자를 읽는 것은 하나의 고정된 평면에서만 가능하지만 음성은 '나'를 둘러싼 모든 방향으

---

* 가령, "전국적인 응원이 지켜보고 있었다"(「공감각」)거나 "비누 냄새도 오래오래 걸었지"(「언니의 숲」)는 인과의 도치를 의인화한 비유이며, "이 터널 선샤인"은 어둠('터널')이 빛난다('선샤인')는 모순적인 상황의 성립을 보여준다. '개구(開口)맨'이 동음이의어로 함의하는 '입을 열다'와 '개그'는 다의적이고 중의적인 관계이며, 독립적으로 병존하지 않고 시적 맥락의 내부에서 긴밀하게 상호 연관된다.

로 위치된 평면 위에서 동시다발적으로 발생한다. 마치 '나'의 등에 혹처럼 달라붙은 '뒷모습'처럼, 원관념의 멱살을 잡고 마주 바라보며 대치하고 있는 힘이 센 보조관념처럼 시의 목소리는 '내' 몸을 둘러싼 그 어느 곳에서도 편재하며 사방에서 들려온다. 그것은 '나'의 것이면서도 '나'와 다른 것, 시인의 피조물이면서도 끝내 독자의 내면과 동기화되어 빙의되고 마는 것이다. 시의 목소리를 듣는 독자는 시인과 다를 바 없다("시인은 눈 감고도 본다는 걸 모르고", 「우리가 시인이었을 때」). 시집에서 수많은 신체들이 절단되는 것은 이러한 접속을 위해서였다("저건 내 이야기인데 앞사람의 입에서 씹혔다. 내가 입을 열었는데 옆 사람이 흐느꼈다. 이야기마다 손가락이 잘려 있었다.", 「크래커」). 독자가 시인이 '나'의 자리에서 발설하는 목소리를 자신의 자아가 발화하는 목소리로 감각할 때, 이민하의 화자는 드디어 최후의 인간에서 벗어난다. 그동안 죽은 자들의 몸 조각을 살과 근육 사이로 욱여넣으며 제 몸을 지탱해온 화자는 살아 있는 독자의 몸과 접속함으로써 고독으로부터 잠시나마 놓여날 테다.

『우울과 경청』에 드러난 밤의 시간은 죽음으로 돌아간 타자들의 뒷모습과 현실의 눈으로는 살펴볼 수 없는 삶의 배면을 직시하는 '나'의 역사적 총체다. 그것은 단지 살아 있는 한 사람의 실존적 조건만으로는 감각할 수 없는 차원이다. 화자는 타자들의 사회로부터 단절되거나 배격되지 않은

채 '홀로'의 세계에서 자신만의 고독을 완성한다.* 그래서
시집 곳곳에서 우리가 호명되는 순간은 '함께'의 기쁨을 경
험하는 순간이 아니라 가장 완벽하게 타자가 되고 마는 절
대적인 순간이다.

우리와 나는 밤의 복도를 걸어요
밤은 흔하고 우리도 흔해서 아무도 모르는 일인 것처럼
나는 조금 떨어져 걷지만 함께인 것처럼
그러나 발꿈치를 들고서

(…)

터널 위로 올라간 사람들이 밤마다 떨어지고 있었다 눈
송이처럼 훨훨
십년 후 우리는 눈이 마주쳤는데

* 시 「홀로(holo)」의 제목은 현실에서는 공존할 수 없는 중의적인
두가지 의미를 내포하며 고통의 말놀이를 이어받는다. '홀로'는
'짝이 없이 외롭게 혼자서'라는 한국어 부사이고, 그것의 소릿값
을 알파벳으로 음차한 듯한 'holo'는 '전체' 또는 '완전한'의 의
미를 더하는 접두사다. 이민하의 세계에서 홀로됨은 세계의 완
전함 속에서 가능하며 역으로 그 완전함은 주체의 홀로됨을 결
과로 낳는다. '나'는 타자들의 무리 안에 포함되어 있으나 언제
나 그들의 뒷모습을 최후로 지키는 인간이 되는 고독 속에서 살
아간다.

먹구름이 때 묵은 이불처럼 뒤덮고

(…)

우리를 부르며 우리를 향해 우리 속으로 달려갔어요
젖은 해변에 누워 주고받는 인공호흡처럼
티끌 없는 마음과 다만 한걸음

벽이 닫히면 틈이 열리고

우리는 문득 밤에 가까워지고
처음 보는 사람들처럼
알 수 없는 문장처럼
한번도 꾸지 않은 꿈처럼
　　　　　　　—「이 터널 선샤인」 부분(강조는 인용자)

　‘우리’라는 말이 ‘나’를 온전히 포함할 때 각각은 서로의
대표자가 된다. 그러나 ‘나’가 ‘우리’를 향해 달려가는 장면
은 둘 사이의 거리가 상당히 멀다는 사실을 암시하고, ‘우리’
가 ‘눈’이 알려오는 죽음의 미기후 속에서 십년 전에 추락한
사람들임을 고려하면 결국 위 시에서 화자가 만나고 있는
이들은 ‘우리’이되 온전히 ‘우리’만일 수 없는 밤의 타자들
이다. ‘우리’를 ‘나’가 지닌 다른 ‘나’들의 총체로 읽는다 해

도 매한가지다. 「9201」에서 화자가 "거리에 두고 온 건 우리 였을까//(…)//우리는 영원히 숨기고 싶은/비밀번호를 가졌 구나"라고 말하듯 '우리'와 '나'는 비밀번호를 각자 손에 쥐 고 서로에게 주어진 운명적인 거리를 납득할 뿐이다. 그래서 이민하의 시에서 '혼자'는 '함께'일 때만 가능하며, '우리' 가 '함께'라는 차원은 '나'이 절대적 고독으로 이어지는 모 순 속에 놓인다("아무리 손을 흔들어도 꿈속에선 히치하이 킹이 통할 리 없으니까요." "서로 다른 시간을 걸어서/우리 는 어둠 속에 모여 있었다", 「동시대」). 이민하의 시가 '함께' 하는 방식은 뒤에 있는 것, 남겨진 것, 곧 흔적으로서의 확실 성을 증빙하는 방식이다. 가령, "문 밖에" 덩그러니 놓여 있 는 "한 사람의 라이터"(「라이터」)처럼 말이다. 라이터는 누군 가가 '나'의 문 밖에서 피운 한개비의 담배, 그가 '나' 모르게 옆에서 태운 한 사람의 이야기가 "손을 놓쳤을 뿐 네 옆에 있 는 줄도 모르"(「제너레이션」)게 한쌍의 '우리'가 되는 '함께' 의 뒷모습이다. 시가 목소리로 우리에게 다가올 때 그것은 텍스트의 표층이나 언어의 기표를 통해서가 아니라 동기화 되는 두 내면 안에서 감각되는 맥락의 입체적인 구성을 통 해 감정을 형상화한다. 시의 목소리가 전하는 파토스는 장면 화의 방식으로 드러난다. 시는 목소리를 통해 드러난다.

이때의 '우리'는 '나'가 곧 '너'와 같고 '너'가 '나'인 동일 자들의 연속체가 아니다. 그것은 공통의 정체성이나 교집합 을 기준으로 구성되지 않고 오직 죽음이라는 운명의 종착지에 도착하는 존재자들의 분별없는 산술적 집합으로 이루어진다. 심지어 모계로 이어지는 혈족인 천사의 경우라 하더라도 그것은 '여성' 젠더를 공통 기표로 삼는 것이 아니라 '귀'에 관한 이야기의 전승을 통해 구성된다("넌 귀가 제일 예쁘단다 내가 말을 걸면 뱃속에서 똑똑 두드렸다니까 그 깜찍한 것을 종이배처럼 밀면서 물결을 가르듯 내 배를 가르고 세상에 온 거지", 「우울과 경청」). 세대 간에 전승되는 형질 역시 삶과 죽음의 접면을 경계로 삼는다는 것 외에는 어떤 외적 기준도 갖지 않는다.

지옥에서 살아가는 천사는 현재뿐 아니라 과거와 미래, 시간의 양방향 모두를 다루는 자다("십년 전의 사람이 꽃을 떨어뜨리고/십년 후의 사람이 칼을 떨어뜨리고", 「밤의 원주민」). 이는 고립에 가까운 고독, 그러나 완전한 고립이 아니라는 점에서 더욱 사무치는 것일 텐데도 타인들의 뒷모습을 책임지는 천사는 "유품정리사"(「자연의 것」)로서의 소명을 힘겨운 겸허함으로 받아 든다. 그는 최후의 인간만이 수행할 수 있는 역할의 숭고함에 대하여 조금의 의문도 부치지 않는다. 화자의 자기중심성은 극히 낮은 강도로 발휘되며 '나'는 그 어디에서도 직접적인 심경이나 정념을 토로하지 않는다. 심지어 그가 자신의 뒷모습을 보고 난 후에 쓴 시, '나'가 죽음을 경험하고 나서 쓴 시에서도 그러하다("죽은 고양이는 쉿!/나의 입을 막는 것이다//다음은 누구도 알 수 없어", 「지박령」).

시집에서 여러번 죽는다고 고백하는 화자의 말에 따르면 그가 죽음을 경험하는 사건은 '나'가 '나'의 뒷모습을 보게 되는 일이고(산 자는 결코 자신의 뒷모습을 두 눈으로 똑바로 볼 수 없다), 이것이야말로 이 시집에서 순수하게 날아드는 진정한 공포다. 「벽에 갇힌 사람들」이 마지막 행에서 일으키는 전율, "우리 밀고 누가 또 여기 있는 거죠?"라는 서늘한 문장은 '나'가 최초로 경험하게 되는 '나'의 뒷모습의 현현이다. 그래서 화자는 자주 '방'이나 '벽' 안에 갇힌 누군가가 그곳을 탈출하면서 느끼는 선득한 공포를 그리지만*

---

*「공감각」의 제목 역시 말놀이에 의탁한다. '공감각'은 시 속에서 라켓을 들고 공을 치는 두 사람의 감각을 뜻하는 '공놀이의 감각'을 뜻할 수도 있고, 또는 두 사람이 함께 있음을 뜻하는 '공(共)의 감각'일 수도 있다. 그러나 나는 한 음절이 생략된 '공(포)의 감각'이라고 생각한다. 시 속에는 방 안에 갇혀 있는 누군가가 "꺼지지 않는 어둠 속에서/방 탈출"을 시도하는 장면이 나오고, 탈출이 시작되자마자 "나사처럼 천천히 숨을 조여오는 공포"가 엄습해온다. 이민하의 시에서 공포의 극대화는 잘리는 신체들이나 흐르는 피가 아니라 방이나 벽이 폐쇄되어 있다는 것을 인지하는 데에서 온다. '죽음'은 그러한 닫힌 공간의 장소성과 자주 연동되고 화자나 인물들은 그곳으로부터 어김없이 늘 탈출한다. 그가 술래나 당번 그리고 유품정리사로서 타자들의 죽음을 애도하고 정돈하는 일은 그러한 탈출의 공포를 직면하고도 두려움에 사로잡히지 않는 일이다. "혼자서 노는 꿈속은 얼마나 무서웠을까/귀신이 우는 거라고 사람들은 달아났지/난 갇혀 있는 사람이라고 생각했지만"(「옛날 귀신」).

187

이내 자신의 뒷모습, 죽음 또한 세계를 운행하는 자연의 순리임을 받아 들고 담담해진다. "호러와 코미디는 한끗 차이"(「동시대」)라는 화자의 말은 과연 여태 우리가 살펴본 말놀이의 비관적인 유희를 연상케 한다. 이것이 바로 『우울과 경청』에 들어 있는 우울이다. 우울증은 일반적으로 주체가 상실한 대상을 자신의 내면으로 회귀시켜 합치하는 애도의 불능으로 분석되지만 이민하의 우울은 그와 정반대다. 그는 수없이 많은 타자와 그들의 뒷모습을 수습했다. 무한에 가까운 애도가 시집 곳곳에 즐비하기 때문에 그의 '나'는 이편으로 건너간 '우리'와 먼 거리를 두고 비로소 '함께'가 되는 것이다. 타자의 죽음이 인간에게 일으키는 헤아릴 수 없는 크기의 슬픔과 고통을 염두에 둘 때 분노나 좌절, 원한 등에 사로잡히지 않고 이를 다소의 쓸쓸함과 울적함으로 정리하는 것은 강한 영혼의 소유자만이 행할 수 있는 일이다. 불시에 종종 "빚쟁이처럼" 찾아오는 어머니 천사의 닦달 앞에서도 "가진 거라곤 시밖에 없는 주머니"라고 중얼거리며 "금세 기억을 말아 드셨을까"(「마른 탯줄을 목에 감고」) 하고 천연덕스러운 농담을 보탠다.

그가 평범한 사람들과 달리 죽은 자들의 몸을 몸에 달고 살아갈 수 있는 것은 이러한 무감함이 취약성이 아닌 고요한 강인함이자 작은 대범함으로 체현되기 때문일 테다. 누군가 그에게 "피는 좀 볼 거예요. 아프면 얘기해요."라고 하자 "아프지 않으면 침묵할까요?"(「테이블」)라고 반문하는 그의 마지막 말은 당황스럽기까지 하다. 시집에서 재현되는 고통은 다름 아닌 화자의 것인데 그는 마치 자신은 아프지 않다는 듯, 그러면 "침묵할까요?" 하고 묻는다. 그는 통증을 감각하지만 그것을 내면에 영원히 저장하지 않는다. 아픔에 잠식되어 입 밖으로 쏟아져 나오는 비명은 이야기가 아니다. 이야기는 통증이 빠져나간 자리에서 만져지는 **믿음**이다. 인과와 논리를 초월하는 감각의 즉물성으로 빚어진 믿음은 세계를 변화시킨다. 이것이 바로 '우리'가 구성되는 존재론적 방식의 핵심이다.

> 나의 조각들이 부품처럼 움직이기 시작했다 매뉴얼도 없이
> 손발을 맞추고 이목구비를 맞추고
> 의인화된 내가 완성되고 나면
> 우리는 웃었다 **믿음이 마르지 않았다**
> ──「지그소」 부분(강조는 인용자)

세대를 거쳐 전승되면서도 마르지 않는 천사의 이야기처럼, 엄마를 매장하는 아이가 또다시 엄마가 되는 이야기처럼 믿음은 마르지 않는다. 믿음은 주체가 자신의 세계를 감각하는 인식론적 방법의 총체이며, 제아무리 유물론적 세계에 속한 자라 하더라도 그에게 '믿음'이 부재한다면 그는 '나'로 태어날 수 없다. 욕망의 거듭된 좌절로 이루어진 삶

과 무수히 날아드는 죽음들이 두 손을 맞잡은 세계에서 살아가는 화자는 '그럼에도'가 아니라 바로 '그 때문에' 자신만의 믿음을 갖는다. 그의 믿음이 순항하는 목적지는 사랑이다. 죽음마저 끝내 순수한 고통이나 공포가 아닌 사랑이 되고 만다. 죽음이라는 이름은 그가 보고 싶어하는 '너'들이 뒤를 돌아볼 수 있게 하는 수신호다("내가 부르면 돌아보라고 죽음에도 이름을 붙였다", 「영원」). 천사는 비록 지옥에서 살아가고 있으나 자신의 현재로부터 과거와 미래, 양방향의 힘을 발휘할 수 있는 존재임을 상기할 때, 그의 힘은 죽음의 이름들을 기억하는 행위에서 비롯한다. 그는 어린 천사였을 때부터 그러한 믿음을 지녀왔고("잊지 않겠다는 뜻입니다 사랑한다는 뜻이지", 「사랑의 역사」), 그가 어머니 천사의 몸을 잘라 제 몸에 옮겨 심으며 성장한 시간은 그것이 고통이나 공포가 아니라 단지 사랑이라는 진실을 배우게 했다. 죽음들이 함께하는 "밤의 구덩이를 파고 또 파"면서 그는 세계에 관한 또 하나의 진실을 깨닫는다. '함께'는 우주만큼 먼 거리를 사이에 두고 마음과 마음이 서로 접붙는 사건이다. 이 지옥의 세계에서 사랑이 흐른다면 그것은 죽음의 우주적 거리를 체현하는 천사의 마음이 남몰래 훔친 눈물 탓일 테다.

손을 댈 수 없는 마음은 손을 대고 싶은 마음의 바깥쪽일까. 마음과 마음이 붙어 있었다. 흰색과 흰색이 떨어지지 않았다. 꽉 차 있었고 비어 있었다. (…) 눈을 깊숙이 감고 죽은 자의 몸 안쪽이 동굴이었다. 얼마나 오래 감고 있었는지 수심이 백 미터를 넘었다. 물과 물이 붙어 있었다. 어둠과 어둠이 떨어지지 않았다. 한 사람이 촛불을 들고 들어갔다. 자신의 몸 밖으로 나가고 있었다. (…) 죽은 눈이 움찔했고 밀랍 같은 얼굴에서 속눈썹 하나가 떨어졌다.

—「홀(hole)」 부분

田承珉 | 문학평론가

내 영혼의 그림자에 댓글을 다는 인생입니다만

밤이 계속되자 경청이 직업이 되었다
귀를 벌리고
다음엔 손을 벌리고

문(文)이 열린다

한 우울이 들어온다
깍듯이 의자를 빼드린다
거울처럼 마주 앉아

두 우울이 운다
죽지 말아요
오늘은 죽지 말아요

2025년 10월
이민하